희생을 사훈으로 선택한 사람들

「개발경제시대의 비망록」

희생을 사훈으로 선택한 사람들

초판 1쇄 인쇄 2013년 08월 10일
초판 1쇄 발행 2013년 08월 17일

지은이   김 문 웅
펴낸이   손 형 국
펴낸곳   (주)북랩
출판등록   2004. 12. 1(제2012-000051호)
주소   서울시 금천구 가산디지털 1로 168,
            우림라이온스밸리 B동 B113, 114호
홈페이지   www.book.co.kr
전화번호   (02)2026-5777
팩스   (02)2026-5747

ISBN   979-11-5585-001-5 03810

이 도서의 국립중앙도서관 출판시도서목록(CIP)은 서지정보유통지원시스템 홈페이지(http://seoji.nl.go.kr)와
국가자료공동목록시스템(http://www.nl.go.kr/kolisnet)에서 이용하실 수 있습니다.
(CIP제어번호 : 2013014647)

날아가 버린 성장신화
대우 김우중의 내면 이야기

희생을 사훈으로
선택한 사람들

김문웅 지음

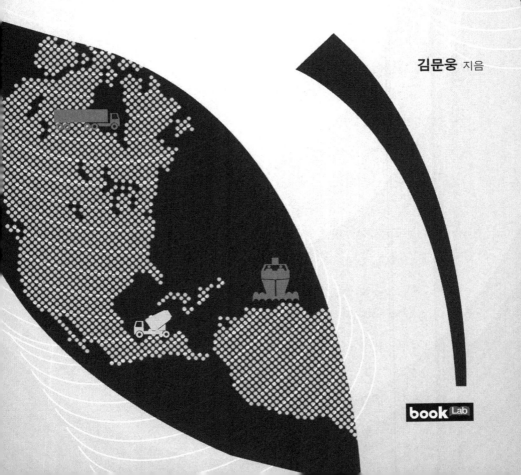

book Lab

| 차 례 |

희생을 선택한, 대우이야기

희생을 사훈으로 선택한 사람들

≪뿌린 씨 열매 거둘 내일에 살자≫

대우가족화운동, 오리엔티어링 현장/1979

대우사가는 해외로 뻗어나가려는 대우의 정신과 기상,
미래를 위해 희생하고자 했던 꿈이 고스란히 담겨 있다.
윤석중 선생님은 진취적인 젊은 사업가 김우중을 보고
대우사가를 만들어 주셨다고 한다.

대우가족의 노래

대 우주 해와 달이 번갈아 뜨는

육대주 오대양은 우리들의 일터다

우리는 대우가족 한집안 식구

온 누리 내 집 삼아 세계로 뻗자

땀 흘려 공든 탑을 쌓아올리는

굳은 뜻 곧은 마음 우리들의 방패다

우리는 대우가족 든든한 일꾼

뿌린 씨 열매 거둘 내일에 살자

희생을 선택한, **대우이야기**

01.
김우중 회장의 탄원을 천하에 고함!

尊敬하는 재판장님.

오늘 이 순간에도 사법 일선에서 우리나라의 社會正義 실현과 국가 百年 大計를 위해서 불철주야 영일이 없으신 재판장님께 삼가 敬意를 표합니다.

저는 株式會社 대우에서 김우중 회장을 모시고 23년을 근무하다가 IMF 로 인한 그룹 해체로 퇴임한 임원 중 한 사람입니다.

우선 대우그룹이 야심적인 21C 戰略으로 世界經營이라는 큰 목표를 추진하던 중 절체절명의 IMF 파고를 당하여 경영 차질을 빚고 결과적으로 國家經濟와 국민에게 엄청난 피해와 상심을 드리게 된 점에 대해서는 지금도 大宇人 모두가 회한과 상실감에 몸 둘 바를 모르며 살아가고 있습니다.

그러나 지나간 시간들을 생각하면서 대우에 몸담았던 대우인 모두는 살아온 세월이 너무도 황당하고 허망하여 눈물을 흘린 적이 한두 번이 아니었습니다.

어려웠던 經濟開發 시대, 대우는 輸出立國이라는 국가의 소명을 누구보다 앞장서서 추진했던 해외시장의 선도적 개척자였고 국가 경제발전의 견인차였으며, 대우는 소비재 생산에 치중했던 다른 기업들과 달리 危險을 회피하지 않는 Risk Taking 경영을 기치로 세계의 오지를 섭렵하면서 창업 이래 매출의 80% 이상을 海外事業에서 창출하고 있었습니다.

대우는 창조·도전·희생이라는 적극적인 企業文化를 정립하고 기업의 이익보다 國家의 利益을 중시하는 경영철학을 일관되게 견지하면서 임직원들을 해외시장 전문가로 성장시켰고, 창업 30년 만에 재계 2위라는 企業史上 경이로운 성장의 神話를 창조하였습니다.

그 결과, 경제가 愛國이었던 개발경제시대에 세상의 人才들이 대우에 모여들었고 모두가 미친 듯이 일했으며, 대우에서 일하고 있다는 소속감이 곧 사회적 自負心이었습니다. 대우는 도전을 꿈꾸는 많은 기업들에게 넓은 세계로 가는 길을 열어 주었습니다.

대우의 참신한 아이디어와 企業經營 어프로치는 모든 기업의 典型이 되었고 열심히 일하는 文化를 심어주는 등 다른 기업을 선도했습니다. 또한 자라나는 젊은 세대에게 희망과 꿈을 심어주기도 했습니다.

이러한 역사의 한 가운데에 김우중 회장이 있었습니다. 김우중은 대우이며 대우는 김우중이라는 等式이 이런 역사를 가능하게 한 核心이며 原動力이었습니다. 김우중 회장의 탁월한 리더십과 전략, 발로 뛰는 현장경영, 일에 대한 熱情과 철저한 自己犧牲이 없었다면 모든 것은 불가능한 일이었습니다.

워크홀릭이라고 말할 수밖에 없는 김우중 회장의 超人的인 일에 대한 몰입은 저희들의 상상을 초월하는 것이었습니다. 이른 아침에 회사에 출근하면서 차 안에서 속칭 '개밥'을 먹고, 일 년에 평균 200일 이상을 해외에서 보내면서 직접 海外市場을 개척하고, 비행기에서 새우잠을 자면서 밤을 낮 삼아 이동하며 오대양 육대주를 누비면서 세계 각국에 경제개발 자문을 통해서 국가 원수들과 직접 교유하면서 해외프로젝트를 창출해내는 마케팅은 국내 어느 누구도 결코 시도하지 못했던 世界經營 전략이었습니다.

대우가 사활을 걸고 전개해 왔던 세계경영은 불행하게도 未完成 단계에서 오명을 벗어나지 못하는 형국이 되었습니다만 600여 개의 법인이 전진기지를 구축한 대우 해외네트워크는 세계를 놀라게 하였고, 또한 경계의 대상이 되기도 하였습니다.

대우는 한국인이 20만 명 이상의 서양인들을 고용하고 관리하는 주체가 되는 우리나라 역사상 초유의 기록을 남기기도 했습니다. 결과적으로 세계 시장의 오지 곳곳에서 한국은 잘 몰라도 대우 브랜드는 잘 알려지는 상황을 만들어낸 것입니다.

냉전시대에 不確實性과 위험 속에서도 우리나라 기업인으로는 최초로 중국과 소련에 들어갔으며, 북한에 들어갔고, 리비아, 나이지리아, 수단, 알제리 등 社會主義 미수교국에 들어가 시장을 개척하고 정식 외교관계로 발전시키기도 했던 김우중 회장이었습니다. 이것은 처음부터 기업은 愛國이며 기업의 이익보다 국가의 이익이 먼저라는 김우중 회장의 信念과 철저한 使命感 없이는 불가능한 것이었습니다.

1990년에는 정부의 조선공업 육성에 협력하여 뒤늦게 건설 중인 옥포조선소를 인수하여 무리한 투자를 해 완공을 했으나 세계 조선 경기의 장기 不況으로 회사가 침몰의 위기에 내몰리고 그로 인해서 그룹 전체가 위기에 봉착했었습니다.

　김우중 회장은 '관리혁명'이라는 경영혁신운동을 선포하고 거제도로 내려가 상주하면서 그룹의 대리급 이상 간부 12,000여 명 전원을 직접 교육시키고, 現場의 생산방식을 획기적으로 바꿔 生産性을 높이고 종업원들과 직접 대화하여 危機를 기회로 전환시키기도 했습니다.

　그 당시 모든 게 열악했던 시절이었지만 종업원들과 同苦同樂하기 위해서 기능공 구내식당에서 3년간 세 끼 식사를 함께하기도 하였고, 기능공들의 집을 일일이 돌아가면서 매일 찾아가 위로하면서 그 집 가족들과 아침식사를 함께 하는 등 진정으로 아픔을 함께하려 했던 경영인이었습니다.

　尊敬하는 재판장님.

　다소 장황하게 나열된 글을 작성하여 대단히 송구스럽습니다. 저는 인력개발원 책임자로서 제가 직접 보고 겪은 이야기를 드리다 보니 이렇게 된 점 널리 해량해주셨으면 합니다.

　저는 지난 30여 년간 대우그룹이 우리나라 經濟成長 과정에서 이룩한 실적이나 성과를 나열하지는 않겠습니다. 다만 김우중 회장의 알려지지 않은 인간적인 모습과 기업에 대한 기본적인 所信, 그리고 충정과 진실이 너무 곡해되고 있는 현실이 안타까워 자청해서 이 글을 드리게 되었습니다. 이것은 또한 대우인 모두가 느끼고 있는 박탈감이며 자괴감이기도 합니다.

　세계시장에서 GM처럼 공룡과도 같은 대기업들과 競爭하기 위해서는 의도적으로 몸집을 불려야 했던 것도 있고, 절차에 대한 위반이라는 것도 現場經營의 복잡다단한 狀況이 아니고서는 이해하기 어려운 부분이 있다고 저는 믿고 있습니다. 엄정한 법적 책임을 면할 수는 없다고 생각합니다.

그러나 이것은 분명히 10만 대우인 모두가 함께 져야 할 법적 책임이라고 생각합니다. 김우중 회장은 기업인이었지만 철저하게 평생을 私心 없이 자신을 희생한 분입니다. 평생을 일에만 파묻혀 지내고 개인의 영화를 누려본 적이 없는 어찌 보면 불쌍한 분입니다.

이렇게 살아온 그가 오늘 법정에서서 법의 준엄한 심판을 앞에 두고 자기의 平生의 노력이 휴지 조각처럼 돼버린 것 같은 참담함을 어찌 감당할 수 있겠습니까? 그는 지금도 소리 죽여 통곡하고 있을 것입니다.

지금 세계가 주목하고 있습니다.

尊敬하는 재판장님.

이제 결단의 시기가 다가오고 있습니다.

기업인으로서 실정법을 위반한 過失이 분명 있습니다. 이것은 우리가 모두가 함께 겪었던 開發經濟시대에서 成長만이 살 길이었던 그 시대의 아픔이기도 합니다.

다만 기업인으로 한 시대를 온몸으로 헤쳐 오면서 나라 경제를 위해서 애써온 평생의 努力과 인간 김우중의 드러나지 않은 내면의 眞實과 충정을 부디 해량하시어 관용과 아량으로 현명한 판결을 내려주시길 탄원 드립니다.

2005년 8월 23일

탄원인 김 문 웅

(경제풍월 2005. 10.)

02.
회장님! 눈물을 흘리시면 안 됩니다!

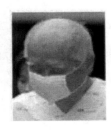

2006년 5월 9일 14:00 서울지방법원 형사 대법정 417호.

오늘 서울지방법원 형사 대법정에서 김우중 회장 결심 공판이 열렸다. 일 년 동안 12차례의 재판을 받으면서 심장 및 담석증 등 3회의 수술을 받은 70 노구는 수척할 대로 수척해졌고, 링거를 주렁주렁 달고 환자복으로 재판정에 입정하는 모습은 너무 안타깝고 처연한 모습이었다.

오늘 1심 재판 구형 공판이 있었다. 김우중 회장은 대우그룹의 분식회계와 부정대출과 관련하여 징역 15년과 추징금 23조원이 구형되었다.

공판정에 앉아서 방청하면서 항상 느끼는 것은 법리와 경영 현실과의 메울 수 없는 간격이다. 현실적인 상황이 법리를 뛰어넘을 수는 결코 없는 일이지만 현장을 체험해 본 입장에서는 도대체가 논의의 초점 자체가 부합되지 않아 씁쓸하게 앉아 참고 견디어야 하는 안타까움을 어찌할 수가 없다. 기업에 몸담아 본 사람은 모두가 느낄 수밖에 없는 박탈감일 것이다.

김우중 회장은 최후진술에서 눈물을 흘렸다. 만감이 교차했을 것이다.

살아온 세월이, 자신의 인생이 너무도 황량했을 것이다.

　60, 70, 80년대… 우리나라는 세계 최빈국에서 저개발국가로, 다시 중진국으로 도약하던 시기였다. 국민 모두가 잘살아보겠다는 생각에 너 나 할 것 없이 몸을 사리지 않고 일을 하던 때였다.

　기업인들도 나라에 도움이 되는 일은 가리지 않고 저질러 나라의 GNP만 올리면 애국자가 되던 시절이기도 했다. 대우는 1967년에 소수의 젊은 엘리트가 모여 무역회사를 만들고 해외시장으로 뛰어나가 수출 첨병을 자청하였다. 당시로서는 국내의 빈약한 산업 환경에서 벗어나 넓은 세계를 겨냥한 모험이었고 선견지명이었던 셈이다. 이렇게 대우는 32년 외길을 걸어왔다.

　대우의 지난 세월은 화려하기만 했다. 우리나라 종합상사 1호라는 긍지를 갖고 우리나라 총 수출의 10%를 대우가 마지막 순간까지 지켜왔고, 김 회장은 세계에서 가장 훌륭한 기업인으로 성장하고 1984년에는 스웨덴의 ICC에서 기업인에게 수여되는 노벨상인, 세계기업인상을 수상하기도 했다.

　김 회장은 세계시장에서는 제일 신용이 좋은 기업인이었다.

　대우는 해외 사업에서 입찰로 프로젝트를 수주한 일이 없다. 대우의 해외 사업 파트너는 각국 대통령과 수반들이었기 때문이다. 그 나라의 경제 개발 계획을 수립해주고 지원하는 형식으로 사업에 참여했기 때문이다. 이런 방식의 해외 사업은 김우중 회장만이 해낼 수 있는 역량이었다. 그렇게 밤낮으로 일해도 꿈쩍없었고 당당하기만 하던 그가 오늘 재판정에서 의외의 눈물을 보이고 만 것이다.

　IMF가 무엇인가? 국가의 외환 위기관리 잘못이 빚어낸 환란이 아닌가?

이러한 초유의 사태로 매출의 80% 이상을 해외 사업에 투자하고 있었던 대우가 불행히도 직격탄을 맞게 되었는데 결과의 책임만을 논하는 자체도 무리한 측면이 분명히 있다고 우리는 믿는다.

대우는 국내 산업의 경쟁력 한계를 느끼고 세계의 30여 개 나라에 세계경영의 깃발을 꽂고 자동차, 건설, 중공업, 전자, 금융 등 세계경영 기지를 만들기 위해 막대한 투자를 쏟아 붓고 있던 중이었다.

대우 사건은 운명으로 돌리기엔 너무 잃은 것이 많다. 이것이 김우중 회장의 회한과 눈물의 의미일 것이다. 그러나 김우중 회장은 여기서 눈물을 흘려서는 안 된다.

기업 경영은 무한경쟁 속에서 사활을 건 도전과 위험을 동반하기 때문에 하다 보면 실정법의 절차나 기준을 불가피하게 위반하는 경우가 있을 수 있다. 시간과 비용과 의사결정 싸움이기 때문이다. 기업은 이윤을 극대화하기 위해서는 가능한 수단과 방법을 강구할 수밖에 없으며, 일단은 저지르고 보는 속성을 가지고 있다.

상식을 뛰어넘는 아이디어와 순발력이 대우의 장점이었다.

무역으로 성장한 한국의 경제개발 시대에 김우중 회장은 누가 뭐라고 해도 우리나라 기업의 거목이었고, 자신의 안일을 버리고 국가 발전을 위해 일생을 당당하게 살아왔다. 그렇다면 지금 젊은 판사 앞에서 눈물을 보이는 것은 잘못된 일이다. 세계의 오지 곳곳을 누비면서 생명의 위기조차도 그렇게 담담하게 넘기시던 당찬 호기는 어디 가고 이렇게 눈물을 보이시다니요!

경영에 대한 결과 책임은 이렇게 냉혹한 것인가? 하지만 현실을 따라가지 못하는 실정법 규정이 기업의 발목을 잡는 것이 많은 것이 어쩔 수 없는 우리나라의 현실이다. 분명한 것은 기업을 해 보지도 않았고 현장 경영을 모르는 사람들에 의해서 법리적인 관점에서만 모든 것이 평가되고 재단되는 안타까움이 있다.

오대양 육대주, 지구촌의 곳곳에는 지금도 화려했던 대우의 잔해들이 흘러간 세월을 웅변하고 있다.

대우사건은 분식회계나 부정대출이라는 실정법 위반으로만 다루기에는 무거운 역사적 의미가 있다고 생각한다. 어찌 보면 대우를 심판하는 것은 개발경제시대의 역사를 심판하는 것이다.

그렇다면 대우가 걸어온 길, 김우중 회장의 불굴의 도전과 희생은 훗날 역사에 평가를 맡겨야 하는 것인지도 모른다. 시대를 앞서 갔으나 그 시대에는 희생되어야 했던 해상왕'장보고'처럼 말이다.

역사적인 관점에서 볼 때만이 대우사건을 이해할 수 있고, 대우의 선택이 옳았다는 평가를 내릴 수 있는 게 아닌가 감히 말하고 싶다.

(2006. 10. 25)

03.
김우중 회장, 과연 누구인가?

KKC

이 이야기는 불과 30년 만에 우리나라가 세계 최빈국에서 저개발국가로, 1970년대 개발 도상국가를 거쳐 1980년대를 거치면서 중진국으로, 다시 1990년대 고도성장 국가에서 이제 세계 제13위의 경제대국이 되어 선진 국가 모임인 OECD의 일원이 되기까지 세계 경제사의 신화를 창조한 우리 시대의 이야기다. 이것은 급성장의 뒤안길에서 한국의 모든 기업이 함께 겪었던 일이기도 했고 선진경영의 발전 과정에서 빚어진 일반적인 모순이라 말할 수 있다.

한국의 기업은 전략보다는 오너 중심의 카리스마에 의존했고, 전술 위주의 편의적인 경영방식은 어느 정도 불가피했던 시대요, 현실이었다고 생각한다.

그런 의미에서 김우중 회장도 결코 예외가 아니었다. 70년, 80년, 90년 우리나라 경제개발 연대 30년, 모험적인 기업인과 진취적인 기업가정신이 필요했던 시대다. 이 시기에 김우중 회장과 대우는 도전을 앞세워 모험적인 성공 스토리를 만들어나갔다.

근대 산업사에서 이런 성공 스토리는 어찌 보면 편법과 모순의 결과이기도 했으며, 경제개발이라는 지상 과제 앞에서 불완전한 성공도 애국하는 길이 될 수 있었다. 목표지상주의가 편법을 용인하는 시대였다고나 할까.

젊은 시절부터 세계를 누비며 온몸으로 살아온 김우중 회장의 뜨거운 열정과 헌신적인 노력은 개발경제시대의 원동력이었고, 운명적인 선택일 수 있다고 말할 수 있으며, 어느 면에서는 그 자신의 결과에 관계없이 존중되고 평가되어야 한다고 나는 믿고 있다.

이 글을 남기는 이유는 김우중 회장을 미화하자는 것이 아니며, 그룹의 인력개발 업무를 담당하면서 현장에서 보고 체험했던 사실들을 통해서 한 시기에 성공 사례였던 대우문제를 조용히 반추해보고 싶었다.

이것은 실제 현장에서 있었던 생생한 이야기들이고, 우리 세대가 경험했던 소중한 자산이기도 하다. 다만 급성장의 이면에 배태될 수밖에 없었던 조직의 문제들을 어떻게 혁파해나가야 하는가 하는 명제를 후학들에게 전하고자 하는 의미가 있을 뿐이다. 이것은 교육 담당자로서 현장에서 직접 보고, 겪어 본 김우중 회장의 열정과 대우의 성장 과정을 있는 그대로 조영해 본 첫 번째 시도라고 할 수 있다. 대우가 소중했기에 이 글을 남기는 것이다.

■ 김우중은 불모의 대한민국 60년대 세계 최빈국, 조국 근대화를 염원했던 개발경제 시대에 나타나 열악했던 우리나라 수출을 앞장서 개척하면서 우리나라 기업의 눈을 넓은 세계로 돌리고, 세계의 구석구석을 누비면서 우리도 할 수 있다는 자신감과 도전의식을 이 시대의 모든 젊은이에게 심어주었던 신념의 기업인이었다.

■ 김우중은 이념과 사상의 벽을 넘어서 각국 대통령과 수상들, 세계의 수많은 지도자와 기업인들과 협력 관계를 맺으면서 사업 기회를 창출하였고, 한국보다도 더 큰 국제 신용을 쌓아 세계시장에서 '김기스칸' 이라 불리는 불멸의 족적을 남겼으며, 조국의 위상과 한국 기업인의 명예를 드높인 작은 거인이었다.

■ 김우중은 냉전시대에 살벌하기만 했던 상황에서 생명의 위험 속에서도 철의 장막 소련에 들어갔고, 죽의 장막 중국을, 동토의 왕국 북한을, 기업인 중에서 가장 먼저 들어갔고, 리비아, 수단, 알제리, 나이지리아 등 수많은 미수교국을 비즈니스로 공략, 시장을 개척하고 수교와 통상의 길을 열었던 모험적인 기업인이었다.

■ 김우중은 저개발 국가의 경제개발을 자문하고 지원하는 윈윈 전략으로 프로젝트를 창출하고, 대우그룹의 역량을 집중 투입하여 광범위한 지구촌 경제개발에 기여함으로써, 1984년 기업인의 노벨상인 ICC 국제기업인상을 수상하면서 한국 기업의 역량을 세계에 알리고 세계시장에서 한국보다 대우 브랜드가 더 알려질 정도로 해외사업을 키워낸 세계인이었다.

■ 김우중은 우리나라 총 수출의 10% 이상을 감당했으며 160개 해외 지사망, 600여 개의 현지 법인을 만들고 미국, 영국, 프랑스, 독일, 폴란드, 체코, 루마니아, 불가리아, 모로코, 우즈베키스탄, 우크라이나, 카자흐스탄, 러시아, 중국, 베트남, 인도, 일본, 파키스탄, 미얀마, 홍콩, 이란, 리비아, 남아프리카, 콜롬비아, 멕시코 등 지구촌 30개국에 해외지역 본사를 설치하여 세계경영을 실현하고자 했던 통 큰 기업인이었다.

■ 김우중은 일 년 중 200일 이상을 해외에서 보내면서 세계의 오지를 섭렵하고, 수많은 자동차 공장과 전자공장, 중공업, 기계, 플랜트, 건설프로젝트를 추진하여 리비아 건설 100억 불 달성, 10억 불 파키스탄 고속도로 완공, 영국, 독일의 자동차 연구소 네트워킹, 동구의 사회주의가 몰락하는 현장에서 폴란드 최대의 자동차 공장을 인

수하여 유럽의 자동차 맹주를 꿈꾸었던 전략적인 사업가였다.

- 김우중은 어린 시절 피난 생활 중에 생계를 해결하기 위하여 신문팔이를 하면서도 특유의 아이디어를 내어 경쟁자들을 물리쳐 더 많은 수입을 올렸으며, 어머니가 혼자에게만 차려준 밥상을 놓고 온 식구가 함께 울어버렸던, 배고픔을 아는 서민이었다. 대학 시절에는 전차비가 없어 동대문에서 연세대까지 늘 걸어서 다녔다고 실토하던 우리 시대의 보통 사람이었다.

- 대우조선, 대우자동차의 살벌한 노사분규 현장에서는 근로자들과 직접 온몸으로 부딪혀 얘기하고 그들의 어려움을 진정으로 이해하려 했으며, 바쁜 일정 속에서도 현장에 머물면서 근로자도 타박하는 음식을 꼬박꼬박 같이 먹고 어렵게 사는 근로자들의 집을 돌아가면서 방문하여 매일 아침식사를 함께 나누면서 가족애와 인간적 승복을 얻어낸 김우중이었다.

- 해외 현장에서, 아프리카 오지에서, 무르만스크 비행기 피격 사고로, 858 KAL기 폭파 사고로, 우크라이나 퇴근길에서 괴한의 무차별 총격을 받고, 사막에서 업무 중 교통사고로, 과도한 직무에 시달리다 과로사로 숨겨간 수많은 대우인들. 그들의 희생과 주검 앞에서 통곡하면서 한없이 눈물을 흘리던 김우중이었다.

- 개인의 창의성을 최대한 발휘할 수 있는 조직문화를 만들고 3M이 60%의 실패율을 인정했던 것처럼 실패에 너그러웠고, 이념이나 사훈과 같은 정형적인 것을 싫어하고 형식보다 실질을 중시했으며, 교육을 경영 문제 해결의 전위적 수단으로 활용했던, 대우인력개발원 총수를 자임했던 전문 경영인 김우중이었다.

- 김우중은 일에는 1,000가지의 해결 방법이 있다고 늘 강조하면서 불가능한 일은 없다고 공언하고, 온갖 기발한 아이디어로 상대를 설복하고 또 사업 진출의 장애물을

제거하면서, 어떤 제품이라도 만들기만 하면 자신이 다 팔겠다고 항상 자신하면서 밤새워 생산만 해낼 것을 현장에 요구했던 천부적 세일즈맨이었다.

■ 김우중은 모든 일은 직접 해야 직성이 풀리며, 24시간이 모자랄 정도로 일만이 유일한 취미였던 워크홀릭이었고, 늘 도전적이고 "위기는 곧 기회다" 라는 말을 즐겨 쓰며 기업의 생존이나 이익보다도 오히려 국가의 이익을 먼저 생각하면서 자신의 안일을 희생하였던 기업인이었다.

■ 김우중은 "세계는 넓고 할 일은 많다" 며 우리 시대의 새로운 기업가정신을 제시하였으며, 박정희 경영스쿨의 모범생으로 삼성·현대와 함께 BIG 3를 이루면서 이 땅에 기업 성장의 신화를 만들어 우리 시대에 희망을 심어주었고, 선진국으로 가기 위해서 80년대에 이미 세계 일등 상품을 개발하고자 집념을 보였던 젊은 기업인이었다.

■ 시간은 아끼되 땀과 눈물은 아끼지 않는다." 그 시절 대우인 모두의 가슴에 새겨져 있던 눈물의 표어다. "창조·도전·희생" 이라는 대우정신을 만들고 비정형성과 변화를 추구하는 동태성을 대우 경영의 본질로 규정하면서 언제나 최선을 다하는 열정과 젊음을 추구했던 대우 문화. Flexibility와 Dynamics를 최고의 행동 가치로 삼는 최고의 엘리트 집단, 신선한 자부심이었던 대우. 그 한가운데에는 항상 김우중이 있었다.

04
누가 그를 죄인이라 하는가?

그러나 훗날 김우중 회장은 재무제표를 분식하고 그로 인해서 불법대출을 받은 결과가 됨으로써 하루아침에 사기꾼으로 몰리며 국민의 지탄의 대상이 되고 말았다.

성장 위주의 세계경영 전략과 해외투자로 일관해온 대우는 기본적으로 부채비율이 높을 수밖에 없었다. 그리고 IMF라는 전대미문의 초유의 사태가 발생함으로써 유동성 위기에 몰렸다. 계속적인 투자의 연속으로 재무구조는 부실할 수밖에 없었다. 원칙론으로는 회생이 어려운 상황으로 내몰렸다.

그러나 이것이 32년을 쌓아올린 거대한 World Network, 대우그룹 해체의 이유치고는 너무도 단순한 논리였다. 결과적으로는 대우의 투자전략과 부실이 최종 해체 결정과는 아무런 상관관계도 없었다고 할 것이다.

대우의 생성과 멸망, 1967년부터 1999년, 그 영욕의 32년 세월!
토인비의 역사의식이었던 도전과 응전을 위한 창조적 소수를 신봉하면서 도전과 성장의 역사로 일관했던 대우와 김우중!

대우는 그렇게 탄생했고 그렇게 일했다. 대우는 끝없는 성취욕에 모두가 불타던 기업의 역사와 문화를 지켜왔으며, 사훈이나 이념 같은 치장도 없이 창조·도전·희생이라는 대우정신을 정신적 기조로 강한 이념의 구심점을 형성하고 있었다.

개발경제시대에 국가의 빈곤을 후대에 물려줄 수 없다는 강한 공감대가 사회적 컨센서스가 되고 있을 때 수출만이 살길이었던 그 시절, 미친 듯이 땀과 눈물을 쏟아 부었던 김우중과 대우는 갑자기 나타난 신데렐라였다. 기업은 애국이라는 생각만으로 너 나 할 것 없이 내 일처럼 열심히 뛰었으며, 그 자체가 모두의 자부심이 되기도 했었다.

대우는 우리나라 종합상사 1호다. 일본의 경제성장을 주도했던 종합상사 제도를 일찍이 간파한 김우중 회장의 지시로 우리나라 기업 최초로 연구, 도입한 것이다. 종합상사는 글자 그대로 해외수출의 첨병이었으며, 동시에 개발경제시대의 꽃이며 성장 엔진이었다.

이 시대에 대우는 엘리트가 모인 젊은 기업으로서 Western oriented된 도전과 개척의 심벌이었으며, 대우가 하는 것은 늘 새롭고 신선하였고 늘 최고를 지향하였다. 사방의 우수한 인재들이 모여들었고 최고의 대우가 보장되었으며, 또한 기업인 중 유일한 젊은 엘리트 출신이며 미개척의 해외 사업에 몰두하는 김우중의 신선한 기업가정신과 매력은 대우를 가장 선망하는 기업으로 만들어 나갔다.

대우는 모든 대우인에게 진취적인 기상과 최선을 다하는 용기를 심어주었으며, 김우중 회장은 인재 양성에 과감히 투자하는 전략을 견지하였다.

전대미문의 IMF!

대우가 몰락하면서 많은 인재들이 길거리에 쏟아져 나왔다. 그 결과 대우는 멸망하였지만, 수많은 인재들이 한때 번성했던 벤처기업 발전에 크게 기여하는 아이러니를 남기기도 했다.

기업은 과정이라고 생각한다. 기업은 끊임없이 위기와 찬스 속에서 이어지면서 발전해가는 하나의 과정의 연속일 뿐이다. 투자는 기본적으로 투자회임(ROI) 기간이 있는데 어느 한 시점의 재무 결과를 가지고 기업 전체를 평가한다는 것은 위험한 일이며 우를 범하는 경우가 될 수도 있다고 생각한다.

대우는 30년 동안 열심히 했고 국가의 빈곤을 몰아내는 데 앞장섰으며, 일자리 창출과 고용을 늘리며 국내 사업에 안주하기보다 해외 사업에 새로운 장을 열면서 국가의 GNP를 올리는 데 선도적 역할을 함으로써 우리나라 경제 발전에 결정적으로 기여하였다고 우리 모두는 확신하고 있다.

그러나 운명의 여신은 대우를 버렸다.

6.25 이래 우리나라 최대의 사변이라던 IMF사태!

세계경영 전략으로 해외 사업에 엄청난 투자를 쏟아 붓고 '김기스칸'의 꿈을 키워가던 바로 그때에 불어 닥친 한국의 모라토리엄은 환율이 2,020원을 넘어서면서 대우의 해외 채무를 3배 가까이 끌어 올렸다.

거기에 설상가상으로 김 회장과 경제정책 당국자와의 불협화음이 제기되면서 국가가 자국 기업을 성토하는 기현상이 벌어지고, 아직 투자 초기단계였던 대우의 세계경영과 내부 문제가 낱낱이 공개됨으로써 하루아침에 국제신용이 추락하고 지구촌 시장을 뒤흔들면서 굉음을 내고 붕괴되고 말았다.

이렇게 대우의 신화는 끝이 났다.

그러나 앞만 보고 달려온 신화적인 성장의 이면에는 여러 가지 내부적인 조직의 문제가 배태되기 마련이고, 이를 극복할 수 있는가가 기업의 수명과 깊은 연관이 있는 것 또한 사실이다. 기업의 왜곡을 개혁하기 위한 수많은 경영 기법들은 이 문제를 해결하기 위한 방편으로 Fashion처럼 항상 새롭게 등장하고 있지 않는가!

성공하는 순간부터 이미 실패가 시작된다고 한다. 경영 컨설팅에 늘 등장하는 경고다. 안주하지 않고 끝까지 변화를 추구할 때 조직의 생명력은 유지된다는 것이다.

나는 대우에서 김 회장을 오랫동안 측근에서 모시고 대우가 성장해가는 경영 현장에서 대우의 장점과 단점을 함께 볼 수 있었던 사람 중의 한 사람이다.

나는 김우중 회장을 이렇게 생각한다. 그는 이 지구상에서 가장 열심히 일하면서 누구보다도 자신을 혹사한 기업인이었다. 그는 기업 경영을 기업의 이익보다 국가의 이익을 우선시하면서 사명감에 철저했던 기업인이다.

그는 세일즈의 천재로서 거래 당사자 간 공존공영의 거래 원칙을 고수했으며, 국제적 신용을 무엇보다 중시했던 천의 아이디어를 가진 기업인이었다. 그는 우리나라 경제개발 과정에서 수많은 고용을 창출하고 수출을 앞장서서 개척해 나갔으며, 결과적으로 국가의 GNP를 올리는 데 크게 기여한 기업인이다.

그는 또한 한국 경제를 세계화시키는 데 결정적인 기여를 했으며, 외국의 자본과 기술을 우리 기업에 도입하여 국가 경쟁력을 높인 기업인이었다. 그는 비즈니스를 통하여 적대국과의 외교관계를 트고 국가 간 장벽을 깨면서 한국의 위상을 세계 속에 진작시킨 우리 세대의 진정한 기업인이며 선각자임에 틀림이 없다.

살벌한 냉전시대에 목숨을 내놓고 제일 먼저 철의 장막인 소련에 쳐들어가 고르바초프를 만났고, 죽의 장막 중국에 들어가 등소평을 만났으며, 동토의 왕국인 북한에 들어가 김일성과 대좌했다.

북한만이 진출해 있는 리비아, 수단에 들어갔고 나이지리아, 알제리에 들어갔다. 이것은 당시로서는 대단히 위험한 도전이었으며, 우국충정이 없었다면 불가능한 일이었다. 아무도 이것은 부정할 수 없을 것이다.

어찌 보면 긴박한 상황 속에서 기업을 경영하면서 범한 통상적인 오류들이 김 회장의 이러한 산업사에 남긴 업적을 상쇄하거나 부정하는 이유는 되지 않을 것이라고 나는 생각하고 있다.

1989년은 베를린 장벽이 무너지면서 동서 냉전이 종식되고, 사회주의 경제체제의 붕괴는 세계경제에 엄청난 지각변동을 가져왔다. 세계의 경제지도가 바뀌고 있었다.

세계가 격변의 소용돌이 속으로 몰리던 1990년대 초, 김우중 회장이 심혈을 기울여 추진하려 했던 '세계경영'이 어떤 내용이었는지를 제대로 아는 사람은 세상에 많지 않을 것이다.

대우가 추진했던 세계경영은 과연 무엇이었는지 살펴보자.

'세계경영'은 자본·노동·기술 등 제반 경영요소를 전 세계 차원에서 조합하는 전략으로서, 경영전략의 수립과 실행을 세계화(Globalization)와 경영활동의 현지화(Localization)를 통하여 국제경쟁력을 확보하고, 나아가 새로운 비즈니스 기회를 창출하고자 하는 글로벌 경영전략이었다. '세계경영'은 당시 사회주의 경제체제의 붕괴에 따라 출현한 신흥시장에 한국 기업이 선택할 수 있었던 가장 효과적인 '진입 및 선점'(first-move) 전략이었다.

불행히도 세계경영은 전대미문의 IMF사태로 그 비전과 전략을 실현시킬 시간을 갖지 못하고 본격적인 성숙 단계로 접어드는 문턱에서 1999년 8월, 대우그룹회사에 대한 재무구조개선 절차가 개시되면서 역사 속에 묻혀버리고 말았다. 이것은 대우그룹, 한 기업의 손실이 아니라 명백히 대한민국 국부의 손실이었다.

'세계경영'이라는 용어는 대우가 창업 26주년이던 1993년 3월 22일 창립기념일을 기해 '세계경영' 광고를 통해 대우가 처음으로 만든 용어이다. 이후 김영삼 정부가 세계화를 주창하면서 세계경영은 시대를 앞서가는 전향적인 가치로 자리매김하게 된다.

세계경영이 활발하게 추진되었던 시기는 1993년에서 1999년에 이르는 기간이다. 김우중 회장은 미국, 영국, 프랑스, 독일, 폴란드, 체코, 루마니아, 불가리아, 모로코, 우즈베키스탄, 우크라이나, 카자흐스탄, 러시아, 중국, 베트남, 인도, 일본, 파키스탄, 미얀마, 홍콩, 이란, 리비아, 남아프리카, 콜롬비아, 멕시코 등 지구촌 30개국에 해외지역 본사를 설치하고 현장을 누비면서 세계경영을 진두지휘했다.

자료를 보면 당시 세계경영의 전체적인 규모를 보면 1997년 6월 말 현재 현지법인은 총 311개, 해외지사 143개, 그리고 연구소 13개, 건설현장 71개를 합쳐 전체 해외조직은 538개에 달하였으며, 여기에서 근무하는 인원은 주재원 2,237명, 현지 채용인 176,490명 등 무려 178,727명에 이르렀다.

1998년 3월 말 현재 대우의 해외투자 잔액은 전체 약 37억 불로, 중국·동남아시아·인도·파키스탄 등 아시아 지역이 151건에 약 16억 불로 43.6%를 차지하고 있으며, 동유럽이 62건에 6억 7천만 불로 18.3%, 구소련 지역이 51건에 약 2억 불로 5.8%를 점하고 있었는데 이 세 지역을 합하면 264건 24억 8천만 불로 전체의 67.7%에 달하였다.

한편, 21.2% 약 7억 8천만 불이 서유럽과 미주에 투자되었는데, 이는 대우 설립 초기부터 운영된 무역법인 외에 자동차 판매망 정비를 위한 자동차 판매법인 투자와 신차 개발을 위한 영국, 이태리, 독일 등 자동차기술연구소 투자가 중심을 이루고 있었고, 중동 지역에 대한 투자도 4억 불로, 11.1%를 점하고 있었다.

'세계경영'의 전략은 현지 정부 또는 이에 준하는 기구와의 합작을 통해 해당 국가에서 필요로 하는 공공적 개발 사업을 대상으로 함으로써 리스크를 회피할 수 있는 이점에 착안한 것이다.

우즈베키스탄이나 폴란드 자동차 사업에서와 같이 투자 대상국 정부가 합작파트너 자체인 경우가 많았으며, 정부가 깊은 관심을 가질 수밖에 없는, 경제개발에 부합하는 사업들이었다. 무역, 건설, 중공업, 전자, 자동차, 조선 등 그룹의 주력회사가 총동원되어 세계경영의 대열에 참여했다.

이렇게 창조·도전·희생이라는 기업문화에 뿌리를 둔 대우의 역동성과 기업가정신은 세계경영이라는 불모지를 개척하는 원동력이었던 것이다.

'세계경영'은 90년대 말 국제금융시장의 소용돌이 속에서 IMF를 만나 부득이 중단되는 불운을 맞았으나 시대를 앞서간 김우중과 대우인들의 땀과 눈물이 점철된 개발경제의 역사였다.

하나의 기업이 지구촌 전역을 망라하는 엄청난 해외시장 네트워크를 만들어 낸 것은 선진국도 감히 해내지 못한 김우중 회장의 야심찬 전략이었으며, 대우가 최초이자 마지막일 것이다. 이렇듯 국내외의 온갖 리스크 속에서도 지칠 줄 모르는 대우의 도전은 30년 동안 계속되었다.

김우중 회장을 모시고 업무를 하면서, 그리고 의사결정 과정을 지켜보면서 나는 언제나 찬탄을 금하지 못하였으나 그 파격적인 발상에 위기에 대한 막연한 두려움을 느꼈던 것도 사실이다. 상식을 뛰어넘는 창조적 아이디어는 대우의 가장 큰 장점이자 단점이기도 했다고 생각한다.

대우는 67년 3월 22일, 당시 한성실업 수출과장으로 있던 30세 청년 김우중에 의해서 창업된다. 천부적으로 부지런한 그는 발군의 세일즈맨십을 발휘하여 세계 섬유시장에서 '트리코트 킴'이라는 닉네임으로 일약 섬유왕이 되었으며, 당시 정부의 수출 드라이브 정책에 적극 가담하여 수출금융을 적절히 활용하고 파이낸싱의 노하우를 축적하면서 우리나라 수출의 황무지를 개척한다. 신설회사로서 대우는 처음부터 국내의 좁은 시장에서 기존의 대기업과 경쟁하기보다 눈을 해외로 돌렸다.

Mutual Profit, 거래이익을 공평하게 셰어하는 방법으로 국제적인 신용을 쌓아가면서 엄청난 물량을 해외에 퍼낸다. 요즘 말하는 윈윈전략이다. 한때는 대우실업 부산공장에서 제조하여 수출하는 와이셔츠가 남산의 몇 배 크기의 물량에 비견되기도 했으며, 미국 시장에 대우의 와이셔츠가 넘쳐나던 시기도 있었다.

그는 야심과 통이 큰 사람이다. 대우실업은 이때 엄청난 돈을 벌게 된다. 감당할 수 없는 돈이 들어왔다. 그 돈으로 삼성이나 현대처럼 국내 부동산에 투자했더라면 엄청난 부의 창출이 가능했을 것이고, 지금과 같은 불행도 겪지 않았을지 모른다.

70년대 아파트를 건설하던 전문 건설업체들은 모두 그룹으로 성장했다. 투자수익이 좋은 아파트 건설 사업을 대우건설이 주장했지만 김 회장은 반대했다. 나라를 위하여 해외로 나가야 한다고 생각했다. 달러가 필요한 나라의 형편을 고려했을 것이다.

74년에 교통회관을 인수, 서울역 앞에 그 당시로서는 최고로 큰 상징적인 매머드 대우빌딩을 완공하였고, 76년에는 당시 44년 역사의 중공업 회사인 한국기계를 인수한다. 대우보다 몇 배 큰 덩치의 회사를 인수하여 과감히 정상화하는 수완을 보이면서 이 과정에서 그는 기업 경영자로서 자신감을 키웠다.

경제운용에서 골치 아픈 현안으로 등장한 부실기업 정상화 문제에 적극적이었던 김우중 회장에게 정부 정책 당국자들은 호의적일 수밖에 없었고, 관료사회와 문제해결의 동반자 관계가 형성되었다.

1976년에 한국기계를 인수하여 중공업 업종에 진출한 후, 1977년에 동양증권 인수를 계기로 증권업과 투자금융에 진출했고, 1978년에는 주인이 일곱 번이나 바뀐 부실 경영의 대명사인 새한자동차를 인수한다. 1980년에 공정 30%에서 중단된 거대한 부실기업인 옥포조선소를 인수하여 조선업에 진출했고, 1984년에 대한전선 가전 부문을 인수하여 대우전자를 설립, 전자업종에 진출했다. 또한 제철화학, 오리온 전기 등을 인수하여 업종의 계열화를 꾀했고, 건설업 계열화 차원에서 경남기업을 인수하였다.

대우는 그룹으로 성장하는 과정에서 많은 기업을 인수하였고, 또 이 과정에서 정부의 특혜도 일부 있었겠지만 대우의 기업 인수는 기업 이윤을 배가하기 위한 전략이라기보다는 부실기업을 정리하기 위한 정부 당국의 요청을 받아들이는 차원인 경우가 많았다.

이것은 박정희 대통령과의 인연도 작용했다. 김우중 회장의 부친, 우당 김용하 선생은 박 대통령의 대구사범학교 은사이다. 은사의 자제라는 개인적 신뢰와 함께 김우중 회장의 열정과 능력을 높이 평가함으로써 숙제를 떠맡기는 경우가 많았다고 한다.

김우중 회장은 이런 숙제를 해외 세일즈로 풀었다. 해외 사업으로 성장해온 김우중 회장에게는 세계시장이 유일한 돌파구였던 셈이다. 수많은 저개발 국가가 현존했던 당시에는 한국의 중저가 제품을 팔 수 있는 시장이 널려 있었다.

대우는 창업 30년 만에 국내 10만, 해외 20만 명의 직원을 거느린 글로벌기업으로서 재계 제2위의 재벌기업이 된다. 신화적인 성장이 문제가 되기 시작했다. 그룹의 규모가 커지고 인수기업을 정상화하는 과정에서 또다른 새로운 부실회사를 계속 인수함으로써 회장의 업무는 기하급수적으로 늘어났다.

새로운 업종의 연속적인 진출은 모든 것을 직접 해야 했던 김 회장으로서는 Span of Control을 넘어서는 결과가 될 수밖에 없었고, 초인적인 열정에도 불구하고 어쩔 수 없이 단두리에 늘 바쁠 수밖에 없는 상황이 계속되었다. 쫓기다 보면 조직 관리와 경영시스템의 왜곡이 일어나고 이렇게 되면 조직 내에 모순과 갈등의 문제가 배태되는 것이다.

김우중 회장은 우수한 인력과 교육을 중시했다. 이런 상황을 극복하기 위해서 사방의 인재를 끌어 모으고 모든 직원들의 긴장감을 유지시키며 업무능력을 획기적으로 배가하는 방법을 동원할 수밖에 없었다. 이를 위하여 대우인 모두에게 엘리트 의식과 후대를 위하여 우리 세대가 희생해야 한다는 논리를 의식화했다. 그것이 가능한 시대였으며 이것은 대우의 자부심이기도 했다.

김 회장은 정부와의 협력 과정에서 많은 관료 출신들을 영입하여 전진배치하였다. 이런 방법으로 정책 당국과의 연결 고리와 네트워크를 형성함으로써 공격적인 경영에 장애물을 극복하고자 했다. 이런 전략은 오히려 관료사회의 환심을 불러일으켜 대우가 하는 일에 적극 협력하는 모티브가 되기도 했다. 대우의 이러한 일련의 상황은 의혹 속에서도 화려했고 멋진 배팅이었다.

대우가 벌이고 있던 해외 사업은 모두가 새로운 도전의 산물이었으며, 경제개발을 염원하는 국민들에게 희망의 씨앗이 되기도 했다. 대우가 만들어내는 뉴스는 신선하였고, 연일 대우기사가 대서특필되었다. 세상은 '대우는 신화를 만들어 내고 김우중은 신화를 만드는 인물'로 자리매김해 나갔다. 사실 김우중 없는 대우는 의미가 없었으며 존재할 수도 없게 되었다.

재미있는 것은 김 회장의 의사결정은 어떤 경우에는 대우를 위한 것이라기보다는 오히려 김우중 회장의 개인 이미지를 중시하는 결정처럼 생각되는 경우도 많이 있었다. 이것은 기업의 이익보다 나라의 경제상황과 기업인으로서의 책임을 우선시했기 때문이다. 무리하게 목표를 잡고 목표 달성에 매달렸다.

부실기업의 인수는 당시의 우리나라 경제현실에서 보면 불가피한 선택일 수도 있었지만 손익계산에 철저했던 현대·삼성 등 다른 기업들은 달랐다. 그들이 꺼려했던 부실기업을 대우는 과감히 인수했다. 해외시장이라는 대우만의 해법이 있었겠지만 김우중 회장은 천부적으로 어려운 일을 해결하면서 느끼는 성취감과 통쾌감이 강한 분이기 때문에 문제를 자청하는 속성도 있었다고 생각한다.

창립 32년이 되었지만 대우에는 사사(社史)가 없다. 보통의 사사처럼 통상적인 회사의 발전 과정과 연대기는 관심 밖이었다. 대우인들은 보통의 사사가 아닌 플루타크 영웅전을 사사편찬의 전제로 생각하는 특별한 사람들이었다.

아무튼 부실기업을 인수하는 데는 정상화를 위한 공적자금 지원과 정부 당국자의 정책적인 협조가 전제되었지만, 대통령이 바뀌고 정정이 불안해지면 그런 약속이 파기되기도 했다. 옥포조선소 인수에 따른 정부 지원은 박정희 정권에서 약속받은 사항이 전두환 정권에게 부인당하기도 했다.

80년대 중반으로 접어들면서 대우의 성장가도에는 유동성의 위기가 서서히 나타나기 시작했다. 특히 해외 사업 마케팅은 규모의 싸움이며 기업 규모가 곧 기업 평가의 잣대였다. 세계시장에서 GM 등 공룡과도 같은 거대기업과 경쟁하기 위해서 Annual Report는 어느 정도는 과장될 수밖에 없었다.

이건 대우만의 문제가 아니었다. 후진국 기업의 불가피한 선택이었고, 경쟁의 속성상 기업들은 관행적으로 이런 이중성을 갖고 있다고 봐야 한다. 한국의 기업뿐만 아니라 유수한 해외의 대기업들도 예외는 아니다. 미국의 FORTUNE지 대우 특집에 대서특필된 대우의 사업 규모와 능력은 진위와 상관없이 후진국 마케팅에 결정적으로 필요한 자료였기 때문이다.

해외 사업이 날로 확대되면서 자금 사정은 늘 위태롭게 돌아갔지만 그나마 해외시장에서 오래 동안 형성된 김 회장의 국제적 신용이 버팀목이 되었다.

해외 사업의 특성상 다양한 환경의 프로젝트를 통괄하는 시스템은 반드시 필요하다. 자금 운용과 Financing은 김 회장의 전문 영역이었다. 온갖 방법이 동원되어 해외투자가 유치되었고 관리되었으며, 자금 운용에 관한 것은 김 회장의 의사결정에 의존하지 않을 수 없는 상황이었다.

대우의 자금은 종합상사인 대우가 교통정리를 했고, 요즘 문제가 되고 있는 세칭 BFC 영국의 비밀계좌도 그중 하나였다. 이것은 비밀계좌도 아니고 해외 사업에 필요한 현금 유동성을 확보하기 위한 모두가 아는 자금관리 계좌로 해외 사업 수행상 불가피한 장치였다.

물론 외화이기 때문에 관련 규정을 엄수하지 못한 측면이 있다. 수지관계를 사전에 외환 당국에 일일이 보고하고 집행한다는 것, 비즈니스 타이밍이나 해외현장 상황에서는 매우 어려운 일이었을 것이다. 아무도 이것을 무리가 있다고 생각하지 않았다. 적어도 법을 위반하겠다는 고의성은 없었기 때문이다. 국내 사업이거나 해외 사업이거나 기업 성장을 위한 다양한 투자와 경쟁에 부심하고 있던 당시로서는 다른 그룹들도 통상적으로 그룹 전계열사를 하나의 자금원으로 통제하고 관리하였다.

개발경제시대! 세계시장에서 대한민국 국가의 경쟁력은 사실상 제로였다. 특히 해외 사업은 인력도, 기술도 자본도 선진국 기업에 미치지 못했다. 규모의 경쟁에서 밀렸기 때문에 우리는 그룹 전체로 대응할 수밖에 없었던 것이다.

국내사업의 경우에는 업종별로 회사가 독립적으로 자율 경영을 할 수도 있었지만 해외사업에 전력투구했던 대우로서는 각 사별 독립채산제나 자율독립경영이라는 시스템 자체가 성립되기 어려운 측면이 있었던 것이다. 일찌감치 독립경영체제를 시작한 삼성이나 엘지그룹과 비교하는 것은 다소 무리가 있다고 본다.

또 기업의 역사가 일천한 당시로서는 Top-Down으로 관리하는 것이 가장 효율적인 방법이었고, 계열사를 통합해서 대응해야 하는 상황에서는 오너의 진두지휘가 불가피한 상황이기도 했다.

이게 악연이 되었다.

세상에서 황제경영이 대우의 실패의 원인이라고 생각하고 있지만 김 회장이 황제경영의 폐해인 독단과 고집으로 끌고 간 것은 결코 아니라는 생각이다. 다만 어느 사안이 됐건 김 회장의 정보와 판단을 따라갈 수 있는 사람은 그룹 내에 아무도 없었던 건 사실이다.

대우그룹 내에서는 흔히 김 회장을 KKC라고 불렀다. KKC란 다름 아닌 King of King Chairman의 약자이다. 거창한 호칭이긴 했지만 이것은 Respect에 지나지 않는 수사일 뿐이다. 직원들 간의 편한 표기였을 뿐이다. 대우문화는 처음부터 강한 자율성에 바탕을 두고 있었기 때문이다.

3M은 세계 최고의 창의력을 중시하는 회사이다. 60%의 실패율을 용인하는 회사로 유명하다. 대우도 개인의 창의를 중시했고 새로운 일을 벌이는 걸 장려했다.

이것은 대우문화의 최대의 장점이다. 이것은 장기적으로는 업무의 창의성을 촉진하고 자기 개발에도 도움이 되는 일이었지만 불요경비가 발생하는 Loss 는 좀 있었을 지도 모른다. 특별한 규정이나 지침이 없어도 모두가 일을 벌이고 난마처럼 뛰는 게 대우인의 기질이었다.

임직원 모두에게는 필요한 신규사업비와 업무추진경비가 지원되었다. 업무추진에 따른 예산집행의 재량권은 대단했다. 이것이 다른 그룹과 많이 다른 점이었다. 새로운 일을 많이 만들어냈다. 이것은 원칙보다는 애플리케이션에 능한 대우문화도 한 몫 했을 터이다.

사람 문제는 회장의 고유 권한이다. 김우중 회장은 어느 그룹의 총수보다도 부하들의 능력과 장점을 철저히 파악하고, 이를 적절히 활용한 용인술이 뛰어난 분이다. 그래서 사람도 횡적인 관계를 선호했고 횡적으로 관리했다. 그리고 전통적인 인사고과 결과나 사내의 공감대와는 다소 다른 파격적인 인사를 단행하여 모티베이션을 제공하고자 했다.

사람 문제는 모든 기업 총수들의 최대의 고민이라고 한다. 믿을 수 있는 사람을 찾기가 어렵기 때문이다. 김우중 회장의 인사는 조직 내의 공감보다는 늘 정략적인 측면이 고려된 것처럼 보이기도 했지만 용도에 맞는 인사 관리를 할 수밖에 없었을 것이다.

일본 책에 보면 '마찰경영'이란 말이 있다. 개인과 개인을 서로 다투게 관리함으로써 문제점이 드러나도록 하는 경영관리 방식이다.

대우의 인사는 부문의 책임자와 차하급 책임자의 이견 조율을 중시했다. 다툴 수밖에 없도록 보임되고 관리되었다. 보이지 않는 반목이 일에 대한 열정과 로열티를 축내는 부작용도 없지 않겠지만 경영의 문제를 사전에 발견하고 상황을 관리하기 위해서 마찰경영을 활용했다.

대우 인사관리의 또 다른 특징은 온정주의 인사관리이다. 삼성의 냉정하고 엄격한 인사관리와 대비되는 부분이다. 특이한 것은 인사 문제든, 개인적인 실수든 간에 회장과 독대를 하면 늘 용서되는 경우가 많았다. 이것은 김우중 회장의 인정에 약한 인간적인 모습이기도 했다. 사람을 쉽게 자르지를 못해 대우에서는 구조조정이 어려웠다.

김우중 회장의 경영철학은 한마디로 자기희생이다. 경영 이념이나 정신을 화려한 수사로 드러내기보다는 스스로 일에 몰두하고, 스스로를 희생하면서, 목표를 성취해내는, 솔선수범하는 자세를 시종 고수했다.

김 회장은 일 년에 200일 이상을 해외 출장으로 보냈다. 창업 때부터 대우가 끝날 때까지 이런 생활을 30년간 계속했다. 이것만으로도 초인적인 일이다.

김 회장은 세계의 미개발지역이나 구석진 오지를 섭렵하고 다녔다. 왜냐하면 고위험, 고수익을 자청할 수밖에 없었기 때문이다. 대우의 해외 사업은 그런 곳에 현장이 많았다. 설이나 추석 등 명절에는 어김없이 해외 현장에 머물며 직원들의 가족들과 함께 지냈다. 김 회장은 자신의 가족에게는 희생을 강요했다.

김 회장은 비행 노선의 달인이다. 비행장에서 즉석에서 다이어리를 보고 비행기 연결 편을 찾는데 그 속도를 따라올 사람이 없었다고 한다. 당시 김 회장은 유일하게 비행기 안에서 담요를 깔고 자는 게 용인된 사람이기도 했다. 한국에서 밤 비행기로 출발하여 아침에 목적지에 도착하면 곧바로 일정대로 움직이다보니 수행원이 따라가다가 졸음에 지쳐 길에서 쓰러지는 사례가 자주 일어나기도 했다.

출장길에는 가끔 교수나, 문인들 같은 유력인사들이 동반했는데 이를 목격하고 경악했다. 김우중 회장과 대우 직원들에게 혀를 내둘렀다. 그리고 김우중 팬이 되었다.

김 회장은 식사도 대충 했다. 김 회장이 가장 좋아하는 건 설렁탕이다. 후루룩하고 순식간에 다 드시는 바람에 같이 먹던 사람들은 반도 채 먹지 못하고 일어나곤 했다. 김 회장은 식사시간도 아까운 사람이다. 간단히 먹을 수 있는 걸 좋아해서 요즘도 라면을 자주 찾는다. '시간은 아끼되 땀과 눈물은 아끼지 않는다.' 이것이 대우의 경영철학이 되고 이념이 되었던 것이다.

당시에 재벌기업은 나라의 돈줄이었기에 운명적으로 정치와 유착할 수밖에 없었다. 각종 정부 규제를 동원해서 대가를 챙기는 후진적 행태가 여전했던 시절이었고, 또 대선 때마다 정치자금을 헌납해야 했던 건 대기업의 공개된 비밀이다. 얼마나 많은 유력인사들이 각종의 이권에 연루되어 기업인에게 무리한 부탁을 했는가?

거기다가 또 김우중 회장은 그런 외부의 부탁에 특히 약한 심성을 가지고 있다. 특히 대기업의 대선 정치자금 지원은 재벌기업으로서는 피할 수 없는 족쇄였으며 또한 기업의 운명을 갈음하는 배팅이었다.

정치자금은 한국 정치의 파행과 맞물려 늘 과도하게 책정하지 않을 수 없었으며, 수재의연금이나 불우이웃돕기 성금, 새마을 성금, 대학에 지원되는 기부금 등 그룹의 대외적인 위상과 관련된 비용은 과다하게 집행되었다. 그리고 계열 각 사에 강제 배분되었다. 각 사는 늘 영업 외 비용에 시달렸으며 결과적으로는 경영 압박 요인이 되었다. 개발도상국에서 그나마 기댈 수 있는 곳은 기업뿐이니 어쩔 수 없는 일이었다.

김 회장은 늘 만나기가 어려웠으며 의사결정을 얻는 데 엄청난 시간이 소요되었다. 회장은 해외 출장이 많은데다가 국내에 있을 때는 외부인사의 접견이 끊이질 않았다. 정치·사회·경제 전 분야에 걸친 김우중의 영향력은 재벌경제시대의 백미라 할 만큼 광범위하고 막강하였다. 밤낮이 따로 없고 장소에 구애받지 않았고 힐튼의 펜트하우스에는 방문객과 결재자가 24시간 붐비는 정도였다.

회장에 대한 업무 보고는 늘 시간에 쫓기고 지연되었으며, 지시는 타이밍을 놓치는 경우가 많아졌다. 회장이 뜨는 곳에는 늘 결재를 받거나 보고하기 위한 사람들로 붐볐다. 화장실에서까지 따라가서 보고를 하거나 결재를 받기도 했다.

이런 신화적 성장의 뒤에는 부작용이 생길 수밖에 없다. 대우그룹은 재계 2위의 거대조직으로 발전하면서 언제부턴가 대기업병 증후군, 이른바 조직에 동맥경화증이 발병하여 문제점이 나타나기 시작했다. 조직도 유기체이므로 혈행과 순환기에 문제가 생기면 조직 내 소통이 둔화되고, 내부 협력과 효율이 떨어지면서 위기에 둔감해지는 동맥경화 현상이 생기는 것이다.

1986년 3월, 대우창업 20주년 기념사업으로 준공된 용인의 대우중앙연수원에서 준공기념 세미나가 열렸을 때 일이다.

100년 대우를 생각하면서 수년간에 걸쳐서 54만 평의 용인인력개발단지 계획을 전담하여 추진해온 나로서는 1단계 사업이 마무리되는 이 행사에서 대우와 창업 20년에 각별한 의미를 부여하고 있었다. 성년 대우가 반드시 거쳐야 할 통과의례가 있어야 한다고 생각했다. 그동안의 조직 내부의 문제점을 한번 여과할 필요가 있다고 본 것이다.

나는 대우그룹 임원 세미나의 프로그램을 기획하면서 대우의 급성장에서 배태된 왜곡된 경영의 문제들을 임원들이 공유하고 극복하는 기회로 삼고자 이미 1년 전에 조직 진단 프로젝트를 준비하고 있었다. 서울대 윤석철 교수에게 요청한 연구 과제는 대우정신 개발과 구현 방안이었고, 연세대 오세철 교수에게는 대우의 조직 진단과 개선 방안이라는 과제가 부여되었으며, 그 결과를 이 세미나에서 발표토록 기획했다.

그룹의 54개 지역별 사업장과 3,000명 이상을 대상으로 한 대대적인 조직 진단과 조사가 이루어졌다. 작성하는 데 3시간이 걸리는 설문서가 제공되었다. 쓴소리가 많이 나왔음은 물론이다.

80년대 우리나라 기업은 성장해가는 시기였고 그때 상황으로서는 모든 것을 책임을 지고 총수들이 진두지휘하던 시절이었다. 다른 기업도 마찬가지였다. 당연히 김 회장의 경영 책임으로 돌릴 수밖에 없는 일이었다.

세미나 발표 후 김 회장은 문제점을 공개적으로 다루는 것은 금기를 깬 것으로 치부하면서 잠시 화를 내셨지만 나에게 대우센터에 있는 회장실에서 2차 브리핑을 다시 하도록 지시하였다.

오세철 교수와 함께 요약 브리핑을 했다. 오 교수를 의식해서 결과를 부정하는 제스처를 하셨지만, 창업 이후 최초로 시도했던 대우의 자기진단이었기에 깊이 고뇌하셨을 것이라는 것을 알고 있다.

그러나 그 후 김 회장은 불행하게도 차분하게 그런 문제를 다룰 만큼 한가하지도 않았고, 사업에 휘둘려 시정을 위한 보다 적극적인 조치를 하지 못했다. 현업이 너무 급박하게 돌아갔기 때문이다. 급성장했던 대우가 창업 20년에 묵은 허물을 벗고 새롭게 재탄생하는 계기로 변화와 혁신의 단초를 만들지 못한 것은 아쉬운 대목이며 임원들의 공동 책임이라 할 것이다.

대우는 Return On Investment, 즉 회수를 두려워하지 않는 의욕적인 투자가 많았다. 문제를 안고 시작해서 정상화해 나가는 게 김우중 회장의 성공 경험이었다. 무조건 벌리고 보는 것이야말로 대우인 모두의 철학이었고 미학이었다. 김 회장은 자전거 성장론을 늘 강조했다. 멈추면 쓰러지고 만다는 논리이다. 계속 성장하지 않으면 도태된다는 철학이다.

김 회장이 또 강조하는 것 중에 도사론(道士論)이 있다.

나무가 어렸을 때부터 계속해서 매일 뛰어넘다 보면 두 길이 넘어도 가뿐히 넘을 수 있다. 도사라는 것도 결국 열심히 하면 된다는 것이다. 김우중 회장은 이미 스스로를 도사로 생각했던 것이다. 어느 면에서 도사인 것만은 확실하다.

김 회장의 자서전 『세계는 넓고 할 일은 많다』는 젊은이의 꿈이자 희망이었으며, 우리 시대가 갈망하는 진정한 엔터프러너십의 상징이었다. Globalization, 세계경영은 대우의 또 다른 브랜드였으며 끝없는 창조와 도전의 징표였다.

김우중 회장이 대우 이름으로 깃발을 꽂은 30여 개의 세계경영 기지와 비즈니스로 장악한 경제 영토는 전 지구를 망라하고 있었으며, 사실 장보고 이래 우리 역사에 초유의 일이라 할 만했다. 우리나라 기업이 세계 각국의 인력을 20여만 명을 고용하였으니 말이다. 이 책은 『Every Street are paved with Gold』라는 이름으로 영어판, 일어판, 중국어판, 독일어판 등으로 세계에 배포되었다.

그러나 황금이 사방의 길가에 깔려 있다는 말, 김우중 회장의 지칠 줄 모르는 정복욕의 단적인 표현이었지만, 개발도상국 사업가의 이 당돌한 직설에 세계의 기업인들은 경악했을 것이다. 그러나 이것이야말로 바로 김우중 컬러가 아닐 것인가?

역사적으로 영웅들은 평범한 인간들이 아니다. 히틀러는 과대망상으로 시달렸다. 흔히 매독 때문이라는 설이 있으나 그런 괴팍함이 결국 영웅 본능일지도 모른다. 이렇게 영웅 본능은 앞장서서 치고 나갈 뿐이고 뒷감당은 다른 사람의 몫일지도 모를 일이다.

김 회장에게 경영은 위기관리이며 경영은 Risk and Taking이라고 생각했다. 1967년 창업 이후 새로운 투자가 계속적으로 이루어졌고, 1976년 이후 부실기업들을 인수하여 정상화하는 과정에서 투자자금의 수요가 대폭 증가하면서 80년대부터 그룹의 유동성 위기가 시작되었다.

1982년에 맞은 첫 번째 위기는 국면전환을 위하여 "제2창업"이라는 캐치 프레이즈를 내걸고 그룹 차원의 대대적인 교육을 통하여 내부 혁신을 주도하면서 도덕 재무장 운동을 통하여 극복하였으며, 1985년 제2의 자금위기는 "STORM'85"라는 헤드라인으로 일대 혁신 운동을 국내외에 걸쳐 전 사업장에 전개하여 대우그룹의 도전적 위상을 대내외에 과시하면서 내부 의욕을 다지는 선에서 넘길 수 있었다. 1990년 대우조선 위기와 함께 불어 닥친 그룹의 제3위기는 "관리혁명"이라는 총체적 현실 부정을 전제로 한 이노베이션 운동으로 이를 돌파하였다.

이 와중에는 항상 대우인력개발원과 내가 있었다. 이런 일련의 사내 캠페인은 대우가 건재함을 과시함으로써 국내외 크레디트를 확보하고 금융권에 구애하는 일종의 시위와도 같은 것이었다.

1989년 베를린 장벽이 무너지고 냉전구조가 해체되는 그 시기에 김우중은 동물적인 감각으로 비즈니스 찬스를 찾아냈다. 이념이 붕괴되는 혼란 속에서 표류하는 사업을 선점하기 위해 김 회장은 동분서주하고 있었다.

폴란드의 자동차그룹 FMS를 전격 인수한 것도 그 시기였다. 국내 기업인 누구도 착안하지 못했던 세계경영의 깃발을 제일 먼저 꽂은 것이다. 그런데 FMS는 미국의 GM이 선점하여 계약 직전에 있었던 프로젝트였다. 그러나 김 회장은 구조조정을 전제로 인수 전략을 세웠던 GM의 계약 조건을 뛰어넘어 '전원고용-유지'라는 파격적인 계약 조건을 폴란드 정부에 제시하여 뒤집기에 성공한다.

김 회장은 이것을 교두보로 자동차 유럽 수출의 전진기지를 만들려는 복안이 있었고, 생산기지만 있으면 얼마든지 팔 수 있다고 생각하면서 넓은 시장을 보고 내린 결단이었다. 세계가 놀랐고 세계시장에서 대우는 미국 기업들의 눈엣가시가 되었음은 물론이다.

우즈베키스탄 자동차공장의 경우에서도 GM과 정면으로 부딪쳐 계약을 딴 일이 있다. 대우자동차의 전신이 GM KOREA라는 사실로도 GM과 대우는 악연이라면 악연이었다. 세계시장을 헤집고 다닌 대우와 미국의 기업들과 이해충돌이 많이 일어났다. 이것이 대우 몰락의 단초가 될 줄은 꿈에도 몰랐다.

모르긴 하지만 미국이 주도하는 IMF가 중심이 되어 기업 구조조정을 몰아갈 때 대우가 지목되었을 가능성이 매우 높았다고 생각되는 대목이다. 적어도 미국은 김우중 회장에게 호의적은 아니었을 것이다.

속 관리혁명으로 전개된 1993년의 세계경영 전략은 냉전의 해체로 인한 동구의 붕괴 속에서 이렇듯 절묘한 비즈니스 찬스가 되기도 했으나, 결국 오버페이스가 되면서 또 다른 절체절명의 위기를 맞고 말았다. 그동안 뛰어난 Financing과 해외시장에서 쌓아온 개인 신용으로 위기를 마음대로 해킹할 수 있었던 김 회장이었지만 IMF의 대란을 비켜갈 수는 없었던 것이다.

1990년 그룹 차원의 관리혁명운동을 추진하면서 우리는 기업의 수명은 30년이며 유기체인 기업도 관리를 못하면 결국은 조직의 적폐와 병리현상의 누적으로 소멸하고 마는 것이 산업사의 통계적인 증명이라는 것을 강조했었고 많은 임원들이 그때 대우의 30년을 생각했었다.

수많은 세미나와 교육을 하며 해외 전문가를 초청하여 컨설팅을 구했다. 그러나 회장의 스케줄을 맞추기가 어려웠다. 김 회장은 바쁜 나머지 참석을 못 하는 경우가 많을 수밖에 없었고, 억지로 시간을 내어 참석하기도 했지만 누적된 피로에 졸음을 참는 데 힘들어했다.

김 회장은 흥미가 없는 얘기는 대통령 앞에서도 조는 사람이다. 늘 잠이 부족하여 틈만 나면 조는 것이 거의 습관이 되다시피 했다. 서울역에서 광화문 정부청사에 가는 동안에도 쪽잠을 잤다. 365일 시간 부족과 수면 부족에 시달렸다. 이것은 지나친 자기희생이자 다른 의미에서 악순환이었고, 고식적인 생각에서 벗어날 수 없었던, 자신의 과거의 성공방법론에서 탈피할 수 없었던 원인이 되었다.

32년 동안 대우인들은 정도 경영이 아니라 늘 비정상적인 방법으로 목표를 달성할 수 있는 편법에 열중했다. 국내든 해외든 법적인 잠금 장치를 얼마든지 마음껏 해킹하는 두뇌들의 집단이었다. 부서장 회의나 임원 회의에서는 늘 기상천외의 아이디어가 난무했다.

원칙적이고 정도와 같은 얘기는 토론의 대상이 되기보다는 차라리 냉소거리가 되었다. 일본 사람들이 좋아하는 Back to the Basic이나 삼성의 합리 경영, 엘지그룹이 표방하는 정도 경영은 성취 지향의 창조적인 대우문화보다는 한 수 낮은 것이라고 생각했다.

일류만을 선호하고 KS 출신을 우대하면서 형성된 경기고 인맥은 업무 추진에 탁월한 능력을 발휘했지만 세월이 가면서 특권의식으로 변질되고 잘못된 주인의식이 조장되기도 했다. 일본에서도 동경대 출신 임원이 많은 기업이 오히려 경영이 부진하다고 하지 않는가?

대우는 인재를 중시했지만 아이러니하게도 사람은 넘쳐난다는 사고가 바닥에 깔려 있었으며, 평범한 사람들을 경시한 측면이 있다. 엘리트를 지나치게 선호하는 조직의 문제이다. 직원은 동고동락하는 동반자가 아니라 소모품으로 생각하는 경향이 있었다고 할 수 있다. 20%의 리더만 있으면 회사는 굴러간다고 생각했다.

김 회장은 Leader의 희생과 책임을 강조하면서 특히 임원들의 희생을 강요했다. 내가 만난 외국 기업인들은 대우 이념인 창조·도전·희생을 설명할 때마다 Sacrifice, 희생이라는 개념을 이해하지 못했다. 희생이 어떻게 사훈(社訓)이 될 수 있느냐는 것이었다. 그러나 대우인들은 적어도 그 부분에 대해서 이의를 다는 사람은 없었다.

임원들에 대한 보상은 늘 불합리했으며, 대우가 몰락한 마지막까지 법의 기준에 미달하였다. 세월이 지난 후에 김 회장은 이를 몹시 아쉬워하면서 미안하다는 말씀을 했다고 들었다.

이것은 조직의 기본 원리를 경시한 결과이다. 자신이 제일 열심히 한다는 생각, 일을 다 한다는 생각이 지나쳐 임원의 역할을 과소평가한 데도 원인이 있을 것이다. 임원을 중시하여 권한을 위양하고 책임경영을 정착시켜 성과를 엄정히 평가하고 포상함으로써 자발적인 성취감을 고양하는 원론적인 경영관리를 외면하고 열심히 할 것만을 강조하였다.

대우는 노사분규가 잦았다. 노사분규 현장에는 반드시 김우중 회장이 직접 나서서 직접 대화를 했다. 회장이 이를 방관할 수 있는 입장은 아니다. 그러나 사전에 치밀한 검토와 전략을 논의할 시간이 거의 없었다.

그 바람에 실무자의 사전 전략이 통하지 않았으며, 노사문제 해결 방법도 경영개선으로 쟁점을 해결하는 방식이 아니라, 주동자를 설득하고 회유하고 인센티브를 주어 회사에 협조하게 하는, 인간적인 배려로 사태를 진정시키는 방법을 선호하였다. 조금만 기다려주면 원하는 것을 다 들어줄 수 있다고 회장은 강조했다.

그러나 제2, 제3의 주동자가 계속 출현했다. 김우중 회장은 인간적으로 호소하거나 애국심을 설득해서 노사관계를 해결하고자 했으나 이는 근로자의 속성과 멘탈리티를 이해하지 못한 것이다. 한편으론 근로자의 요구를 전폭 수용하기에는 회사도 허약한 상황이었으니 진퇴양난이었던 셈이다.

김 회장의 일에 대한 열정은 가히 초인적이다. 이런 김 회장의 일에 대한 편집중은 일종의 조증과도 같은 것이었다. 모든 실무를 장악했고, 수많은 지시를 쏟아내었다. 지시의 대부분은 거의 불가능하게 생각될 정도로 어려운 과제를 늘 강요했다. 이를 해결하기 위해서 대우인들은 밤낮 없이 일에 매달렸다. 그것은 오히려 모든 대우인들에게 일에 대한 성취의 쾌감을 터득하게 했고, 강한 인재로 단련되는 효과를 거둘 수 있었던 건 사실이다.

김 회장은 늘 실무를 직접 챙겼기에 임직원들은 늘 긴장했고, 시도 때도 없이 무차별 추궁하는 바람에 책임 회피에 급급한 형편이 되기도 했다.

일찍이 일본 경영의 신이라 하는 마쓰시다전기(松下)의 고노스케 회장은 다음과 같이 말했다. 100명을 지휘하는 지도자는 선두에 서야 하고, 1,000 명이 되면 중간에 서야 하며, 10,000명이 되면 맨 뒤에 서야 지휘가 된다고. 공감이 가는 말이다. 경영에서 책임과 권한의 위양, 특히 Empowering이 특히 강조되는 이유일 것이다.

우리나라 재벌그룹 2위, 세계 기업 사상 새로운 성장 신화가 되었던 대우는 결국 이렇게 역사의 뒤안길로 사라지고 말았다. 대우는 왜 몰락해야 했는가? 대우가 성장하면서 남긴 그 많은 성공 사례에도 불구하고 몰락한 진정한 이유를 찾아내는 일은 이제 한국 경영학의 숙제이다.

이 글은 대우 용비어천가가 아니다. 나는 소설가도 아니다. 대우에서 임원으로 실무를 수행하면서 보고 겪었던 사실을 다만 냉정하게 되돌아보고 싶었을 뿐이다.

1970년대부터 1990년대에 이르기까지 우리나라 경제개발시대 30년!

국민소득 20,000불이라는 국가적 목표 아래서 모든 기업들은 조국 근대화의 사명감을 가지고 혼신의 힘을 다 쏟아 부었던 시절이다. 한 시대를 거치면서 김우중 회장은 기업가로서 엔터프리너의 전형을 이 시대에 제시하였고, 누가 뭐라고 하든 김우중 회장은 초인적인 열정으로 우리나라 개발경제시대를 견인한 기업인이다.

이런 시대적 상황 속에서 출현한 대우의 탄생과 활약은 대단했으며, 멋진 한판 승부였다고 생각한다. 우리는 태어나서 처음으로 새로운 긍정의 역사를 쓰고자 했다.

김우중 회장은 비정형적, 동태적 경영을 신봉하면서 대우를 창조·도전·희생이라는 대우정신으로 이념화된, 강한 컨센서스를 이룩한 조직집단으로 만들었다. 특히 도전을 중시했다. 고정적이고 형식적인 것, 정형적인 것을 배격하고, 변화에 유연하게 대응하는 기업문화를 창출하였다.

그렇다면 많은 기업들의 벤치마킹 대상이 되었던 대우스타일과 대우문화의 경쟁력에도 불구하고 이렇게 몰락한 진정한 이유는 과연 어떻게 설명될 수 있을까? 분명한 것은 대우는 광대한 조직과 다양한 분업으로 이루어진 거대한 유기체 조직이었기 때문에 개인적인 시야로 판단할 수 있는 문제는 아닐 것이라는 것이다.

내가 알 수 있는 것은 그야말로 빙산의 일각일 것이고, 단편적인 시각은 오류를 범할 수 있는 일이 될 수도 있다. 회장을 모시고 일해 온 사람으로서 쉽게 얘기할 사항은 더더욱 아니다. 하지만 교육담당자로서, 연구자의 입장으로 사태의 본질을 냉정하게 분석해보는 것은 필요하다고 생각했다. 그렇다고 이글은 학술적인 연구 자료도 아니며 다만 개인의 한정된 안목에서 적어본 에세이에 불과하다는 점을 밝히고 싶다.

거듭 이야기하지만 한 시대를 풍미한 김우중 회장의 탁월한 기업인으로서의 능력과 우리나라 경제발전에 대한 기여와 헌신은 움직일 수 없는 명백한 사실이며, 오늘의 대우사태를 실패로만 단정하기에는 승복할 수 없는 반론이 많을 것이다. 여기에 적시된 문제점들은 큰 차원에서 대우문제를 조영해보는 것일 뿐이며 여러 경로에서 이미 알려진 사실이고 특별한 의미는 없으나 학문적 차원에서 복습해 보는 의미, 그 이상도 이하도 아니다.

1. 지나치게 공격적인 경영으로 일관했다.

김 회장은 위기를 즐기는 사람이다. 끝없이 위기를 만들고, 위기를 해결한다. 모험적인 경영은 개발경제시대에 성장의 신화를 만들고 신선한 엔터프리너십으로 국민에게 희망을 보여 주었지만 위기는 비켜갈 수 없었다. 창업 이후 이런 공격적 경영이 계속 성공함으로써 성공과 자만이라는 자가 중독에 스스로 함몰되는 결과가 되었다고 할 수 있다.

IMF 당시에는 지구촌 30개국에 세계경영 기지를 구축하고 있었고 본격적인 투자가 시작되고 있었다. 정상화까지는 절대 시간이 필요한 상황이었지만 기회를 상실하고 타임아웃이 되고 말았다.

2. 성공 경험과 자기 과신이 함정이었다.

김우중 회장은 한마디로 도사다. 장사꾼으로서 번뜩이는 재치와 기상천외의 아이디어, 놀랄 만한 배포, 천재적인 파이낸싱 능력, 발군의 사업 설득력은 일찍이 지구촌 시장에 신선한 충격을 주었다.

김우중 회장에게 불가능은 없었다. 실패의 경험도 없었다. 이런 성공 경험은 자기 과신의 늪에 빠지기 쉬운 법. 위기를 즐겼던 김우중 회장의 낙관적인 성격은 진짜 위기 상황에서도 위기를 인정하지 않았던 것일까?

Over Confidence! 일 속에 매몰되어 24시간을 살았으니 자기 자신을 위해서는 시간을 낼 수가 없었고, 스스로를 되돌아 볼 수 있는 여유도 없이 앞만 보고 달렸다.

3. 급격한 외형성장과 무리한 투자가 부실을 불렀다.

김우중 회장은 해외 사업을 중시함으로써 규모의 경쟁을 일찌감치 절감했다. 몸집을 불려야 했다. 성장만이 애국이던 시절이었다.

기업에서 이윤은 기업의 존재 이유이다. 매출을 늘리는 무리한 외형 성장은 무리한 투자를 부르고 그대로 부실의 원인이 되었다. 전략이 필요했다. 그러나 체질적으로 세일즈의 속성이 너무 강했고, 오랫동안 자신의 성공 경험을 고집한 측면이 있다.

대우는 신화적인 성장으로 창업 30년 만에 재계 2위의 위업을 달성하였지만 IMF라는 대란을 비켜갈 수가 없었다. 성장전략과 세계경영이라는 무한투자가 자승자박이 된 것이다.

4. 끝까지 자동차 사업에 올인했다.

1990년 폴란드 자동차 공장을 선점하면서 김 회장은 자동차사업의 기반을 준비해왔다. 자동차 사업은 세계 모든 기업가들의 꿈이다. 자동차사업은 기계공업이 기반이 되는 사업이다. 자동차는 선진국의 전유물이다. 세계 각국의 자동차의 수요는 무진장하다. 경제발전 단계에서 모든 나라 사람들이 반드시 염원하는 고가의 생활필수품이기 때문이다. 해외시장에서 자동차 사업의 가능성을 보았다.

김 회장은 자동차를 대우 세계경영의 핵심 사업으로 정했다. 그리고 끝까지 포기할 수 없었다. 발군의 해외마케팅과 파이낸싱 실력은 성공 요인이 될 수 있었다. 그러나 여기엔 막대한 자금과 시간이 필요했다. IMF라는 절대위기 속에서 수습 방법은 없었다.

5. 디테일이 너무 강했고 Empowering이 문제였다.

김우중 회장은 창업자로서 젊은 시절부터 모든 일을 직접 해왔기 때문에 경험과 전문성이 높다. 따라서 권한 위양이 어려웠고 계열사에게도 완전한 독립경영이 보장되지 않은 측면이 있다. 개발경제시대에는 불가피한 상황이었지만 직접적인 지휘 통제로 거대한 조직을 이끌었고 성취감에 스스로 속박되었다.

대우가 멸망해가는 순간에도 대우는 무력했다. 조직의 위계와 기능의 유기적인 결합이 경영의 요체임을 경시함으로써 조직의 무력화를 초래했다. 복명에만 익숙했던 조직문화 속에서 위기에 목숨을 걸고 방어하는 로열티는 찾아볼 수 없었다.

6. 인사관리의 부조화로 로열티가 약화되고 있었다.

대우는 최고의 인재 집단이었다. 한때 최고의 대우가 보장되었다. 새로운 투자에 매달리다보니 종업원의 임금과 복리후생이 부담이 되었고, 차츰 임금 경쟁력을 잃어갔다. 종업원에 대한 보상이 가장 중요한 투자이면서 로열티의 원천이 된다는 사실을 경시한 결과가 되었다.

대우인들은 과도한 목표 달성을 위하여 끝없이 시달렸으나 직무 만족도가 떨어지고 전체 종업원의 사기가 실추되면서 조직의 활력이 점차 약화되어 갔다. 현장의 근로자들은 대우의 희생경영을 이해하지 못했다.

끝없는 노사분규가 발목을 잡았다. 이것은 소수의 엘리트만을 중시하면서 전체 구성원의 합의를 경시한 결과이며 경영이론을 도외시한 것이다.

7. 정부와 동반 성장하던 시대적 배경이 독배가 되었다.

대한민국을 박정희 주식회사라고 부르던 시대였다. 모든 기업인이 애국이
라는 신념 하나로 사업을 했다.

김 회장은 젊은 엘리트 기업인으로서, 해외 사업 전문가로서 당시 주목의
대상이 되기에 충분했다. 수출이 절실했던 시절에 김 회장의 경험과 노하
우는 독보적인 것이었으며 그 자체로 나라의 희망이었다.

개발경제시대에는 기업이 대단한 권력이었다. 김 회장의 지칠 줄 모르는
사업 욕망과 이를 부추긴 정부의 후원, 이를 가능하게 만든 학맥(學脈) 등 시
대적 여건이 결국은 무한성장의 오버페이스를 하게 되는 동기가 되었다. 정
부와 기업이 동반성장의 고리가 되던 시절, 정경유착은 모두가 함께 겪었던
한국 기업의 숙명이기도 했다.

1997년 대우가 해체되어가던 그해에 대우는 우리나라 기업 최초로 수출
100억 불 탑을 수상했다. 그러나 이제 대우는 역사 속으로 사라졌다. 최고
의 엘리트 집단, 후대를 생각했던 기업, 해외경영의 선구적 기업, 그 참신했
던 대우의 이미지는 실종되고 국민에게 끼친 천문학적인 폐해만이 모두의
뇌리 속에 각인되고 말았다.

그러나 대우의 최대의 피해자는 30년을 하루같이 일하며 일생을 바친 불
쌍한 대우인과 그 가족들이다. 대우는 그들의 인생 그 자체였기 때문이다.

대우는 그들의 자부심이자 삶의 보람이었기 때문이다. "내일에 살자"는 대우사가처럼 대우 30년은 한낱 꿈이 되고 말았다.

또 다른 피해자는 이 시대를 함께 한 젊은이들이다. 대우의 찬란했던 모험이 불행하게도 우리나라 근대 기업사에 하나의 시행착오로 기록되게 됨으로써 우리 젊은이의 꿈과 희망을 무참히 앗아가 버렸기 때문이다.

일찍이 조선의 천하 제일상인이었던 임상옥이 말한 것처럼 솥의 세 다리가 지닌 비밀, 돈과 명예와 권력을 다 탐하면 솥은 쓰러지고 만다는 것, 70%의 만족, 술잔의 가득 채움을, 과욕을 경계하는 계영배의 비밀을 일찍이 마음에 두었더라면 이런 실패를 피해갈 수 있었을까.

김 회장의 성공 논리와 자신감은 어느새 교만이 되었고, 국무회의 석상에서 무소불위로 자신의 생각을 강변함으로써 당시 정책 당국자들의 반감을 자초했으며 이에 작심하고 보복한 졸렬한 몇몇 관리가 거기에 개입되어 있었다고 한다.

IMF사태에 직면하여 온 나라가 절망하고 있을 때 김 회장은 망연자실하고 있던 대통령 당선자 김대중에게 내년에 500억 불 무역흑자가 날 것이라는 희망적인 예측을 내놓았다. 그러나 당시 어느 경제학자나 관료도 이 얘기에 동의하는 사람이 없었다.

그런데 이런 절체절명의 상황 속에서도 그해에 430억불이 넘는 무역흑자가 났다. 세계경제의 흐름에 동물적인 감각을 가진 김우중만이 잡을 수 있는 감이었다. 이로 인해서 DJ와 김우중 회장과의 밀월이 시작된다. DJ는 신뢰를 가지고 김 회장에게 경제문제를 자문하게 되었다. 그리고 김우중 회장이 전경련 회장이 된다. DJ는 이례적으로 당시 전경련 회장이었던 김 회장을 국무회의에 참석하도록 요청하게 된다.

이게 악연이 되었다. 대통령이 주재하는 국무회의 석상에서 경제현안을 토의하던 가운데 대통령이 김 회장의 의견을 물었고, 의견을 개진하는 과정에서 경제장관을 비롯하여 청와대 경제수석, 금융감독위원장 등 경제 관료를 향해 탁상공론 운운하며 거칠게 힐난하면서 자신의 생각을 강변하는 일이 벌어졌다.

IMF에 대한 처방 등 정책의 혼선으로 관료들은 크게 당황했다. 김 회장의 의견이 대통령을 통해서 관료들에게 간접 전달되기 때문에 곤혹을 치렀다는 얘기가 흘러나왔다. 원인이 김 회장이라는 게 밝혀지면서 김 회장은 경제정책 당국자들의 공적(公敵)이 되었고 극도의 적대감을 갖게 되었다.

그러나 이것은 그들에 대한 개인적인 사감이 아니고 현실경제에 관한한 자신이 제일이라는 생각과 김 회장의 평소의 강경한 말투에 지나지 않았다. 회사에서는 이렇게 역정을 내는 경우가 많았으니까.

또 경제장관들이나 관료들이 자신의 생각으로는 나이로 보나 한참 후배이기도 하고 다 서로 아는 터수라서 사실 격의 없이 생각한 측면도 있을 것이다. 그러나 이것은 관료의 속성을 모르는 일이다. 관료들은 전통적인 사농공상이라는 생각에 젖어 있었고, 엘리트 우월의식이 강한 그들은 이런 상황을 모욕으로 치부할 수밖에 없었을 것이다.

당시의 기획원 장관 K는 회의가 끝나고 대우를 반드시 응징하고 말겠다는 뜻을 학교 동기인 대우의 모 사장에게 경고를 해왔는데 이를 흘려 넘겨 버렸다. 복명에만 익숙해 있던 조직문화가 이런 무책임을 낳았다.

경제 3인방 중 한 사람은 김 회장의 직계 후배였고, 이재국장을 지낸 관료 출신이었다. 대우 기조실에도 근무한 경력이 있었지만 대우의 위기를 외면했다. 대우에 근무할 때처럼 부하 취급하는 김 회장의 말투에 반발했다는 웃지 못할 얘기도 들렸다. 어쨌든 상황을 심각하게 받아들이고 즉각적으로 회유에 들어갔더라면 화를 면할 수 있었을지도 모를 일인데 대응이 안 되었다.

오랜 세월 김 회장과 거래가 있었던 DJ도 온갖 자료를 들이대며 대우가 IMF의 희생양이 되어야 한다는 경제참모의 악의적 선동을 막을 명분은 없었을 것이다. 결국 DJ는 결국 대우·중공업·전자·자동차·조선 등 5개사는 살려줄 테니 잠깐 나가 있으라고 했다.

그러나 토사구팽이 되었다. 인간 DJ의 전형적인 정치적 술수임을 알았을 때는 이미 돌이킬 수 없는 상황이 되었던 것이다. 김우중 회장은 지금 아프리카의 오지 수단에서 또 어딘가로 유랑생활을 하고 있다. 여론은 서릿발같이 차갑고 용서할 기미가 없다.

최근에 미국에서도 엘론과 GE, 월드콤의 분식이 연일 미국의 언론에서 시끄럽게 회자되고 있다. 분식이라는 것도 어떤 의미에서는 개발경제시대의 성장지상주의와 해외 사업의 경쟁원리에서 약소국 기업의 불가피한 선택이었다는 것을 누가 부인할 수 있을까? 경쟁을 전제로 한 자본주의 속성상 기업 경영을 투명하게 한다는 것은 가능한 것인가? 이것은 시장경제의 속성으로 존재하는 것은 아닐까?

2001년 7월 24일, 구속된 대우 임원들에 대한 선고공판이 열릴 예정이다. 정부 발표에 의하면 41조의 분식과 10조의 불법대출, 이 사건에 34명이 연루되었다고 보도했다. 이런 재무적인 평가는 고도로 기술적인 것이어서 평면적으로만 계산한 숫자가 구체적 현장 상황과 일치하기는 매우 어려운 일이지만 대우는 이미 이를 반박할 힘을 잃었다.

당시 김 회장은 IMF로 인한 급박한 금융위기에 봉착한 대우문제를 풀기 위해 해외 은행 총재들을 재빨리 만나 상환유예 등 일정 부분의 합의를 이루어 내고 있었다 한다. 국내의 어느 기업보다도 먼저 대응했기에 대우가 무너질 것으로 예상한 해외 금융가는 없었다고 한다. 위기의식에 들떠 있던 한국 사회는 김우중과 대우를 죄인으로 몰아갔다.

어쨌든 이 거대한 대우가 김 회장 한 사람만의 거세로 속수무책으로 무너져가는 것을 보면서 대우의 허구와 한계가 무엇인지를 다시 생각하지 않을 수 없었다. 대우는 파열음도 없이 무력하게 무너지고 말았다.

지금 어떤 사람도 선뜻 김 회장을 두둔하거나 위로하는 자가 없다. 김 회장 스스로도 지금은 아무 말도 할 수가 없다. 최선을 다한 사람에게 불명예는 없다. 그는 일을 사랑했고 일만을 위해서 살았다. 그는 자기가 한 일에 대하여 확신을 가진 사람이다. 이런 종류의 사람을 법률학에서는 확신범이라고 한다.

아마도 그는 오늘의 사태를 결코 승복하지 못할 것이다. 분명한 것은 회장 개인의 사욕이나 착복이 이 불행한 사태를 유발한 것은 아니라는 사실이다. 이제 화려했고 어쩌면 사치스러웠던 대우의 역사는 뒤안길로 사라졌다. 다만 역사는 훗날 이런 물음에 어떤 답변을 해줄지 모르겠다. 이것은 결국 암울한 우리 경제사에서 이 사회의 모든 이가 함께 저지른 거대한 음모이며 희생양을 필요로 했던 건 아닐까?

- DJ는 왜 김우중 회장을 버릴 수밖에 없었는가?
- 대우가 세계 곳곳에서 개척했던 광대한 경제영토가 일시에 날아가 버렸다. 국부(國富)의 손실은 누가 책임질 것인가?

- 김우중 회장이 대우자동차 지분 을 50억 불에 GM과 협상을 하던 중에 김대
  중 정부는 대우자동차를 단돈 5억 불에 넘겼다.
- 미국이 김우중을 제거하려 한 것은 사실인가?
- 이 글이 진행되는 동안 재계의 큰 별, 현대의 정주영 회장이 역사 속으로 사라졌
  다. 개발경제의 주역이었던 현대건설도 자본잠식이 되었으나 공적자금을 지원하
  여 회생시키기로 정부는 발표했다.
- 왜 현대는 살리고 대우는 죽여야 했는가?

당시 미국의 경제지 〈FORTUNE〉은 대우의 해체를 이렇게 보도하고 있었
다. "대우의 해체는 단순히 김우중 회장 개인의 비극으로 끝나는 것이 아니
고, 한국주식회사의 해체이며 또한 한국에서의 정치와 기업의 협력자 관계
의 붕괴를 의미하는 것이다."라고.

아! 누가 이 땅의 기업인을 모두 역사의 죄인으로 단죄할 수 있는가?

기업인만의 죄가 아니다. 이 시대를 함께해 온 사람들 모두가 공범자라고
말해야 옳을 것이다. (2005)

❖ ❖ ❖

대우그룹이 해체된 지 10여 년이 흘렀다. 문제기업이라고 매도되었던 대
우의 주요 계열사들은 현재 최우량기업으로 엄존하고 있다. 모기업인 '대우
인터내셔널'은 2011년 POSCO로 팔려갔는데 JJY 사장의 최대의 성공사례로
회자되고 있다고 한다.

생각했던 이상으로 잠재력이 큰 우량기업이었다는 자체 평가다. 대우인
터내셔널은 대우의 모기업인 대우실업으로 출발했고, 우리나라 종합상사 1

호였다. 단순 수출기업 이상으로 해외네트워크, 자원개발, 국제금융 등 다양한 사업 경험이 축적된 알짜배기 기업이었던 것이다.

항공기, 탱크, 장갑차, 전철, 건설 중장비, 발전설비 제조 등 방위산업과 중공업 분야에서 우뚝 섰던 우량기업 '대우중공업'은 두산그룹으로 넘어가 '두산인프라코어'란 이름으로 주력 기업이 되었고, '대우자동차'는 GM의 효자기업이 되어 버렸으며, 아예 대우자동차라는 이름을 버리고 한국 GM으로 간판을 바꿔달고 확고한 동남아 거점을 확보했다. 지구촌을 누비던 대우마크는 사라지고 쉐보레 마크가 달려 있다.

미국 자동차의 대부 GM에 고스란히 헌납한 것이다. 그렇게 모질게도 극렬했던 파업도 이제는 없는가 보다. 부산의 대우버스 공장은 영안모자에 인수되었고 여전히 대우 마크를 달고 도로를 누비고 있다.

김우중 회장이 1990년 관리혁명을 선포하고 회생에 그토록 심혈을 기우렸던 '대우조선해양'은 아직 산업은행의 지배하에 있으면서 매각대상으로 되어 있지만 선박 수주물량이나 제조기술에 있어 이미 세계적인 조선소로 성장하여 국가 경제에 크게 기여하고 있다.

내가 대우에 있어야 할 존재 이유가 되어주었던, 그토록 공을 들였던 용인 대우연수개발단지는 골프장이 되어버렸고, 모든 게 대우의 역사와 함께 사라졌다.

'대우건설' 역시 산업은행의 지배하에 있지만 최우량 건설회사로서 초고층빌딩, 교량, 터널, 플랜트 등 각종 공사에서 두각을 나타내고 있으며 시공능력이나 품질, 해외플랜트사업 등 여전히 종전의 명성을 유지하고 있다.

한때 금호그룹에 매각되는 불운을 겪었는데 금호그룹의 역량이 미치지 못하여 다시 산업은행으로 돌아왔다. 그 과정에서 대우의 상징이었던 대우센터빌딩이 매각되어 버렸고, 대우건설이 보유하고 있던 자산을 매각하고 현금을 빼내어 대한통운을 인수하는 등 웃기는 짓을 하다가 감당을 못하고 뱉어냈다. 그 바람에 수주 1위, 시공능력 1위였던 대우건설은 한때 시공능력 6위로 밀려나 버리기도 했다. 두 회사의 문화의 이질감이 원인이었을 것이다. 대우인의 속성을 알 리가 없었을 것이다. 대우인들의 잠재능력을 경시한 결과는 이렇게 참담했다.

'대우전자'는 매각 대상이 된 후 '대우일렉트릭'으로 이름을 바꾸었지만 매수자가 없어 투자가 이루어지지 않으니 사업 축소가 되어 세인의 관심에서 멀어져 있다.

김우중 회장은 대우전자를 반도체 등 첨단제품 개발에 투자를 유보하고 중간기술을 선호했다. 해외에 내다 팔기 쉬운 가전업 중심으로 끌고 갔기 때문에 지금 시점에서는 메리트가 있을 수 없다.

금성사의 평택 반도체공장 인수를 포기한 의사결정이 대우전자의 운명이 되었다. 긴 시야로 봐야 할 전략을 후진국을 상대로 우선 장사하기 편할 만큼의 중간기술로, 가능한 제품으로 버티려고 했던 것이 실패 사유가 된 것이 아닐까 싶다. 반도체로 갔던 이병철 회장의 긴 안목을 평가할 수밖에 없다. (2011. 11)

05.
대우 30년, 이젠 할 말이 있다!

어제 2010년 3월 22일, 옛 대우빌딩과 인접해 있는 힐튼호텔에서 대우 창립 43주년을 기념하여 대우 임원 모임인 '대우인회'와 '세계경영연구회' 회원들 약 500여 명이 모였다. 과거 대우그룹이었던 회사들이 지금은 잘나가고 있다는 홍보 영상물을 보면서 나는 솔직히 다 지나간 영화라는 생각에 씁쓸한 아쉬움을 감출 수 없었다.

행사를 마치고 나오니 기념품이라고 '대우 30년사'를 주었다. 대우가 30년이던 1997년에는 발간하지도 않았던 사사를 뒤늦게 받아드는 기분은 왠지 서먹하고 을씨년스럽기만 했다. 예산도 여의치 않았겠지만 회사가 현존했다면 이렇게 허술한 장정의 사사는 만들지 않았을 것이라는 생각을 하니 씁쓸했다. 그나마 대우 30년을 정리해주었으니 다행이라 할까.

어언 10년 세월이 흘러갔다. 김우중 회장은 사면을 받았고 대우는 뿔뿔이 흩어졌으며, 대우는 세인들의 뇌리에서 멀어져가고 있다. 그런데 이제 뒤늦게나마 대우인들 사이에서 세계경영의 가치를 재조명하려는 작은 움직임이 살아나고 있다.

정말 대우는 실패한 경영이라고만 단정할 수 있는가? 결과론으로 보면 냉정한 판단이 불가피할지 모른다. 그러나 대우 30년 역사에는 엄연히 공과과가 있는 것이 사실이 아니던가?

세계경영은 하루아침에, 어느 날 갑자기 생긴 게 아니다. 이건 30년을 외길로 세계를 누비며 오로지 해외 사업에 몰두한 김우중과 대우인들의 땀과 눈물이 응축된 산물이며 자생적인 결과물이다.

대우는 열심히 일했다. 열심히 일하는 것이 애국이라는 시대정신이 엄연히 존재했었다. 우리들은 별 보고 나갔다가 별 보고 들어오는 대우인의 일상을 당연시했다.

모든 기업들이 9시 출근을 규정으로 시행하고 있을 때 대우는 출근시간을 8시로 앞당기고 7시 회의를 고집했다. 산업화시대에의 이 1시간의 의미는 실로 컸으며 그 후 많은 기업들이 이를 추종하기도 했다. 위험을 안고 가는 대우의 도전적인 경영방식이 개발경제와 맞물려 우리나라 성장의 견인차가 되었던 것은 사실이다.

30년 동안 대우는 창조·도전·희생이라는 독특한 기업문화를 의식화하면서 불가능을 극복해내는 개척자의 전형을 우리나라 산업계에 제시하였다. 이것은 모든 대우인들의 자부심이기도 하다.

국내 산업에만 안주했던 우리나라 산업계에 세계를 향한 새로운 기업가정신(Entrepreneurship)을 태동시킨 것은 대우였다.

대우는 그 시절 승승장구했다. 물론 기업의 급성장이라는 것은 계속적인 투자의 확대와 조직의 팽창을 가져옴으로써 조직 관리와 경영상의 문제점이 제기된다. 대우의 지칠 줄 모르는 확대성장 전략은 필시 이런 어려움을 가중시켰을 것이다.

대우는 그룹의 총 역량을 해외 사업에 집중했다. 이것은 그 당시 개발도상국이었던 우리나라의 경제발전계획과 방향을 같이하는 것이었으며 어느 면에서는 불가피한 선택이기도 했다.

우리나라가 세계사에서 신화적인 경제성장을 했던 1970, 1980, 1990년대 30년 동안 대우는 종합상사 1호의 자부심을 가지고 우리나라 수출의 첨병을 자임하였고, 우리나라 총 수출의 10%를 감당하며 국가 경제발전에 기여하였다. 1997년 사상 최초로 연간 100억 불을 수출했다.

그리고 대우는 불모지나 다름없던 세계시장에서 수많은 나라의 경제개발 계획을 수립하고 지원하는 방식으로 지구촌 개발에 앞장섰으며, 원원의 성공적인 비즈니스를 전개함으로써 기업인의 노벨상이라는 최고의 영예를 획득하면서 대우와 대한민국의 브랜드 가치를 획기적으로 높이는 데 기여하였다.

대우는 수많은 선진국 일류기업들과의 합작을 통해서 선진기술을 도입하고 산업현장에 제품화하고 국산화함으로써 우리나라 산업의 기술경쟁력 확보에 공헌하였다. 중공업, 자동차, 건설, 조선, 항공 산업, 방위산업 등 많은 분야에 걸쳐 공동투자, 기술제휴, 기술도입 훈련으로 국산화하고 양산을 이루어냈으며, 기술 도입을 위한 세계적인 연구 네트워크를 구축하는 등 기술 습득에 온 힘을 경주했다.

조선, 플랜트, 잠수함 등 특수선 건조, 자동차 일관생산, 항공기 조립, 한국형 탱크, 장갑차 개발, 전동차 생산, 원자력 발전, 터널, 교량 등 각종 시공기술, 건설 중장비, 정밀기계, 석탄화학, 전자, 통신제품 등을 기반으로 한 광범위한 제조업의 육성에 힘썼다.

또한 대우는 수많은 부실기업을 인수하여 정상화하는 데 역량을 쏟았다. 부실기업 인수를 특혜라고 하는 사람들도 있었지만 이것은 당시 정부의 골치 아픈 경제 현안들이었으며 이를 회생하는 데는 몇 배의 노력이 필요한 것이므로 메리트가 없다고 봐야 할 것이다. 부실기업의 정상화는 김우중

회장의 뛰어난 해외 마케팅이 아니었으면 불가능한 일이라고 지금도 믿고
있다.

계속적인 부실기업 인수와 정상화 작업은 사업 이익보다 국가를 먼저 생
각한 김우중 회장의 희생적인 노력의 결과라고 말해도 좋을 것이다. 사업
이익만을 생각한다면 군이 망해가는 기업을 인수할 이유가 없다. 피폐된 종
업원들의 사기와 생산성은 또 다른 부실의 원인이기 때문이다.

인수기업으로 이루어진 대우그룹은 조직의 동질화의 문제가 경영의 핵심
과제가 될 수밖에 없다. 그룹 구성원들의 일체감 형성과 동질화를 위해서
대우가족화운동을 주창했으며 교육에 많은 투자를 하였다.

대우는 30년 동안 "기업이 곧 사람"이라는 철학을 가지고 인력개발에 무
한투자를 경주함으로써 당시 제대로 훈련된 인재가 전무했던 상황에서 해
외 전문가, 기술자, 관리자 등 유능한 인력과 산업역군 양성에 크게 기여하
였다.

대우는 창업 10년차인 1977년에 학교법인 대우학원을 설립하였고, 1978
년에 대우재단을 설립하여 학술문화 사업을 시작하고, 1981년에는 의료재
단을 설립하여 오지 낙도의 의료사업에 일찍이 눈을 돌려 신안, 진도, 완도,
무주 등에 병원을 개원하기도 했다.

대우는 동서냉전 구도가 무너지던 시절, 전환기에 세계경영이라는 키워드를
가지고 해외 사업을 선점해 나갔으며, 구소련 위성국가를 중심으로 국가를 재
건하고자 했던 나라들은 다투어 대우를 자국 경제개발 파트너로 강력히 원
하였다. 돈이 없는 그들로서는 김우중 회장의 국제적 신용과 화이낸싱 능력을
절대적으로 필요로 하였으며, 이로 인해서 대우는 불가피하게 과도한 투자를
할 수밖에 없었고 해외부채가 늘어날 수밖에 없었던 것이다.

외국 은행들은 프로젝트 화이낸싱을 할 때는 사업의 타당성 검토를 철저히 해서 사업 이익이 확실한 경우에만 대출이 이루어지기 때문에 투자에 가깝다고 할 수 있다. 세계시장에서 김우중 회장의 높은 개인 신용이 이것을 가능하게 했던 원동력이었다.

대우는 이 당시 미국, 영국, 프랑스, 독일, 폴란드, 체코, 루마니아, 불가리아, 모로코, 우즈베키스탄, 우크라이나, 카자흐스탄, 러시아, 중국, 베트남, 인도, 일본, 파키스탄, 미얀마, 홍콩, 이란, 리비아, 남아프리카, 콜롬비아, 멕시코 등 30개국에 해외지역 본사를 설치하고 본격적인 해외 사업에 착수하고 있던 중이었다.

그런데 이 와중에 전대미문의 IMF가 터진 것이다. 당시 780원 환율이 순식간에 2,020원까지 갔으니 고스란히 해외부채가 3배로 늘어나버린 것이다. 그러나 이것이 직접적인 원인은 아니었다. 문제는 그 다음이었다.

김우중 회장과 DJ 정부하의 몇몇 경제 관료와의 감정적인 불화가 원인이 되어 대우문제는 돌변하게 된다. 대한민국 정부에 의해서 대우의 재무제표가 공개되고, 이때의 과도기적인 경영 상황을 악의적으로 해석하여 세계 언론에 대대적으로 공개함으로써 대우 관련 수많은 해외 채권자들을 경악시켜버린 것이다.

물론 1차적인 책임은 대우에게 있다. 그러나 세상천지에 30년 동안이나 세계시장 곳곳에서 열심히 뛰고 있던 재계 2위의 그룹을 대한민국 정부가 나서서 멸망케 하는 데 앞장을 서다니 이게 있을 수 있는 일인가? 이는 결코 역사에 묻어버릴 일이 아닐 것이다.

대우를 없앤 것은 우리나라 산업사를 송두리째 부정하는 것이고, 앞으로 30년을 쏟아 부은 들 새로 창업하여 대우와 같은 기업이 생겨날 수 있겠는가를 생각해보면 얼마나 반국가적인 일인지 짐작할 만하다. 얼마나 가공할 국부의 손실이 여기에 숨어 있는가?

한때 대우는 국내에 10만 명, 해외에 20만 명의 직원을 거느린 적이 있다. 세계시장에서 대우 브랜드 가치는 엄청난 자산가치가 있던 시절이다. 대우 출신들은 그동안 그렇게 열심히 하고도 죄인인 양 숨죽이며 살아가는 모습이 너무 원통하지 않겠는가? 대우가 30년 동안 축적한 경험과 전문성은 한낱 휴지 조각이 되어버렸다.

우리는 그 내막과 전말을 알고 있다.

경영학에는 '성공하는 순간 실패가 시작된다'는 말이 있다. 대우의 신화적인 성장과 성공이 교만을 낳았고 교만이 원인을 자초한 측면은 있지만, 이러한 망국적, 후진적 결말이 이 나라에서 발생했다는 사실이 한없이 부끄럽다.

'대우 30년사'를 들추어 보면서 그 속에 빽빽이 들어있는 대우인들의 땀과 눈물로 얼룩진 족적에 경이로움을 느끼며 한편으로는 여한이 없다는 자족감이 들기도 하지만 이렇게 체념해야 하는 현실에 분노한다.

대우인들이여! 힘을 내십시오. 여러분들의 땀과 열정은 결코 헛되지 않았으며, 여러분이 남긴 위대한 정신과 유산은 지금도 대한민국과 지구촌 곳곳에서 살아 숨 쉬고 있다는 것을 잊지 마시기 바랍니다. 먼 훗날 역사는 모든 것을 증언해 줄 것입니다.

'시간은 아끼되 땀과 눈물은 아끼지 않는다.' 우리가 소중히 지켜온 대우인의 캐치프레이즈다.

대우 30년은 우리나라 개발경제시대에 바친 우리 모두의 처절한 몸부림이었으며 위대한 여정이었다는 사실을……. (2010. 3. 25. / 한강포럼 회보)

06.
대우 세계경영은 무엇인가?

대우그룹 흥망의 한 원인이 되었던 세계경영 전략에 대한 평가가 이제 새롭게 재조명되고 있다. 1989년 베를린 장벽이 무너지면서 동서 냉전이 종식되고, 사회주의 경제체제의 붕괴는 세계경제에 엄청난 지각변동을 가져왔다.

세계가 격변의 소용돌이 속으로 몰리던 1990년대 초, 대우가 심혈을 기울여 추진했던 '세계경영'이 어떤 의미가 있었는지, 어떤 내용이었는지를 제대로 아는 사람이 많지 않은 게 작금의 현실이다.

세계경영의 개념을 간단히 정리하면 '세계경영'은 자본·노동·기술 등 제반 경영요소를 전 세계 차원에서 조합하는 전략으로서, 경영전략의 수립과 실행을 세계화(Globalization)와 경영활동의 현지화(Localization)의 조화를 통하여 국제 경쟁력을 확보하고, 나아가 새로운 비즈니스 기회를 창출하고자 하는 글로벌 경영전략이었다.

'세계경영'은 당시 사회주의 경제체제의 붕괴에 따라 출현한 '신흥시장'에 한국 기업이 선택할 수 있었던 가장 효과적인 '진입 및 선점'(first-move) 전략이었다.

안타까운 것은 전대미문의 IMF사태로 세계경영은 그 비전과 전략을 실현시킬 시간을 갖지 못하고 진입 단계를 지나 성숙 단계로 접어드는 문턱에서 1999년 8월, 12개 대우그룹회사에 대한 재무구조개선(워크아웃) 절차가 개시됨으로써 역사 속에 묻혀버리고 말았다는 것이다. 이것은 대우그룹, 한 기업의 손실이 아니라 명백히 대한민국 국부의 손실이었다는 데 문제가 있다.

세계경영이 활발하게 추진되었던 시기는 1993년에서 1999년에 이르는 기간이다. 세계시장을 대상으로 사업을 시작한 대우그룹에 있어 굳이 세계경영전략이나 세계화의 시발이 언제였는가 하는 것을 논하는 것은 그리 중요한 일이 아니다.

'세계경영'이라는 용어는 대우가 창업 26주년이던 1993년 3월 22일 창립기념일을 기해 '세계경영' 광고를 신문에 게재하면서 처음으로 생겨난 용어이다. 이후 국가차원에서 세계화, 선진화라는 목표를 전략으로 설정하면서 세계경영은 시대를 앞서가는 전향적인 가치로 자리매김하게 되었다.

세계경영의 전체적인 규모를 보면 1997년 6월 말 현재 현지법인은 총 311개, 해외지사 143개, 그리고 연구소 13개, 건설현장 71개를 합쳐 전체 해외조직은 538개에 달하였으며, 여기에서 근무하는 인원은 주재원 2,237명, 현지 채용인 176,490명 등 178,727명에 이르렀다.

1998년 3월 말 현재 대우의 해외투자 잔액은 전체 약 37억 불로 중국, 동남아시아, 인도, 파키스탄 등 아시아 지역이 151건에 약 16억 불로 43.6%를 차지하고 있으며, 동유럽이 62건에 6억 7천만 불로 18.3%, 구소련 지역이 51건에 약 2억 불로 5.8%를 점하고 있었는데 이 세 지역을 합하면 264건 24억 8천만 불로 전체의 67.7%에 달하였다.

한편, 21.2% 약 7억 8천만 불이 서유럽과 미주에 투자되었는데 이는 대우설립 초기부터 운영된 무역법인 외에 자동차 판매망 정비를 위한 자동차판

매법인 투자와 신차 개발을 위한 영국, 이태리, 독일 등 자동차기술연구소 투자가 중심을 이루고 있었고, 중동 지역에 대한 투자도 4억 불로, 11.1%를 점하고 있었다. 투자 주체별로 보면 세계경영은 무역과 건설을 통합한 (주)대우를 필두로 자동차, 전자, 중공업 등이 전개한 전략이라고 할 수 있다.

'세계경영'이란 전 세계를 하나의 시장으로 보고 자본, 노동, 기술, 정보, 서비스 등 제반 경영요소를 현지 상황에 맞게 유기적으로 조합하는 전략으로서 국제경쟁력을 확보하고 새로운 비즈니스 기회를 창출하고자 하는 전략이며 세계 각지에 분포된 지역 거점을 횡적으로 연계·발전시켜 사업 영역을 다각화, 고도화하는 전략이었다.

여기에서 중요한 것은 철저한 현지화 전략이다. 그간 대우가 창업 이후 오랜 경험을 통해 축적한 생산, 판매, 기술, 금융, 등 경영활동들을 현지에 이식(transplant)하고 현지화함으로써 부품의 현지화 비율제고, 기술의 이전, 경험과 노하우의 전수 등은 물론 현지 문화에 동화하여 다국적 문화의 발전에 동참하겠다는 적극적인 개념이었다.

'세계경영'이 오늘날 우리에게 시사하는 전략적 중요성의 하나는 세계경영이 현지 정부 또는 이에 준하는 기구와의 합작을 통해 해당 국가에서 필요로 하는 공공적 사업을 대상으로 했다는 점이다.

이 사업의 공익성이라는 요인은 대단히 중요하다. '세계경영'의 대상이 되었던 사업들은 우즈베키스탄이나 폴란드 자동차 사업에서와 같이 투자 대상국 정부가 합작파트너 자체인 경우가 많았으며, 굴삭기나 냉장고 사업처럼 직접투자를 하지 않았더라도 지역경제의 중요성으로 인하여 정부가 깊은 관심을 가질 수밖에 없는, 공익에 부합하는 사업이었다. 이것은 궁극적으로 사업 추진과정에서 직면할 수 있는 정치적 위험, 또는 상업적 위험을 회피할 수 있는 접근 방식이었던 것이다.

여기에서 주목할 것은 대우의 기업가정신이다. 창조·도전·희생이라는 기업문화에 뿌리를 둔 대우의 역동성과 기업가정신은 세계경영이라는 불모지를 개척하는 원동력이었다.

다음은 대우의 마케팅 방식이다. 종합상사로 성장해온 대우는 세계시장에서 신의 성실의 마케팅을 체득하고 있었으며, 수출의 경우 타사제품 비율이 월등히 높았던 대우로서는 제품지향적(product-oriented) 마케팅보다는 고객지향적(customer-oriented) 마케팅 전략을 취할 수밖에 없었고, 이는 고객과의 신뢰 구축으로 새로운 사업 기회를 창출해주었던 것이다.

서로의 이익을 공평히 나누는 공존공영의 윤리를 철저히 지킴으로써 국제적 신용을 확보하였으며, 경쟁 파트너의 협력으로 위기를 모면하는 사례도 많았다.

이렇게 대우의 '세계경영'은 1990년대 말까지 세계 전역에서 전개되었으며, 선진국 시장에서는 가전과 자동차 판매, 그리고 자동차 연구개발 분야에서 활발하게 전개되었고 동구, 러시아 등 신흥 경제시장에서는 전자 및 자동차 분야뿐 아니라 중공업, 통신, 무역, 건설 등 여러 분야에서 활발하게 전개되었다.

또한 '세계경영'은 대우뿐만 아니라 대우의 전방업체(upstream) 업체에게도 확산되어 대부분의 제조업체의 경우 대우와 동반 진출하는 형태를 취하였다. 여러 그룹사와 각 그룹 전방업체들이 선단을 구성하여 진출하는 패키지 방식에 의한 진출과 활착형 전략이 신흥시장 진출에 매우 효과적인 방식임을 입증하였다.

'세계경영'은 그간의 경험을 통해 개발한 한국표준을 세계시장에 적용하고자 했던 한국기업 최초의 노력이다. 아직도 세계시장에서 가장 많은 비중을 차지하고 있는 중저가 제품시장에서는 미국이나 일본 등 선진경제의 표준보다 실제 시간적·수준적 근접성이 강한 한국표준이 더욱 구체적이고 실질적이라는 점을 세계시장에 널리 알린 결과가 되었다. 인력감축, 구조조정, 생산성 향상, 비용절감, 파이낸싱 등 구체적인 추진 방법을 일일이 언급하는 것은 적절한 기회가 아닐 듯하다.

결론적으로 '세계경영'은 1990년대 말 국제 금융시장의 소용돌이 속에서 부득이 중단할 수밖에 없었으나 그 개념과 추진방식과 일련의 과정은 해외시장에 진출하고자 하는 기업들에게 현 시점에서도 유효한 전략적 접근이며 좋은 가이드라인이 될 것이다.

대우 '세계경영'은 시대를 앞서간 대우인들의 땀과 눈물이 점철된 개발경제의 역사이다. 뒤늦은 감이 있지만 '대우세계경영연구회'가 출범하여 이를 재조명하는 작업을 하기 시작했으며, 동시에 관심 있는 기업들에게 컨설팅의 기회를 부여할 수 있게 된 것은 그나마 다행한 일이 아닐까 싶다.

(2010. 11. 30. / 한강포럼 회보)

07.
희생을 사훈으로 선택한 대우의 기업문화

대우의 기업문화는 희생(犧牲)을 전제로 하는 독특한 기업문화이다. 후대(後代)를 위해서 당대(當代)는 희생해야 한다는 생각을 의식화한 최초의 기업문화이다. 국가도 아니고 이윤을 추구하는 기업이 어떻게 사훈(社訓)에 희생을 선택할 수 있는가? 조직 구성원들이 어떻게 이것을 받아들일 수 있었는가?

결론부터 얘기한다면 대우는 이것을 기꺼이 받아들였다. 그리고 대우인 모두의 자부심으로 승화되었다. 그리고 이것이 대우 특유의 열심히 일하는 성취동기가 되었다. 적어도 이 부분에 이의를 달 대우인은 없다.

동요 작가 윤석중 선생님은 대우실업을 창업하는 젊은 청년 김우중에게 사가(社歌)를 지어주었다. "오대양 육대주는 우리들의 일터다. 뿌린 씨 열매 거둘 내일에 살자"는 대목이 나온다. 창업 첫 출발부터 대우는 우리의 땀과 노력이 열매가 되는 그날까지 참고 매진해야 한다는 뜻이 가사에 담겨 있다. 그래서 대우인들은 '대우가족의 노래'를 또 다른 사훈으로 이해하고 있다.

대우의 사훈은 창조(創造)·도전(挑戰)·희생(犧牲)이다. 대우는 희생을 사훈으로 선택한 사람들이다. "새로운 기회를 끊임없이 창출하고, 온갖 장애물과 어려움에 과감히 맞서며, 후대를 위하여 우리가 희생하며 열심히 하지 않으면 안 된다."고 생각했다.

사훈은 창업자의 창업정신에서 나온다. 1967년 불모(不毛)의 시대, 열악하기만 했던 우리나라 개발경제시대에 무역으로 창업한 김우중 회장의 창업동기가 바로 이런 사훈이 탄생된 배경이다.

사훈은 창업자의 기업가정신에서 태동된다. 오너의 경영철학, 경영방식과 가치관, 조직 구성원의 컨센서스를 통해서 기업문화는 형성되고 정착된다. 따라서 오너의 일거수일투족은 사훈의 밑거름이 되며 사훈은 오너의 언행을 먹고 자란다. 이렇게 하여 사훈은 조직의 모럴로 재탄생되는 것이다.

대우의 사훈으로 희생이 받아들여진 것은 뭐니 뭐니 해도 김우중 회장의 자기희생과 열정이 늘 나라의 발전을 향해 있었기 때문이다. 김 회장은 사업을 하면서 늘 기업의 이익보다 나라의 이익이 먼저라는 인식에 철저했으며, 대우인 모두는 이를 알고 있었기에 희생에 동의할 수가 있었던 것이다.

"시간은 아끼되 땀과 눈물은 아끼지 않는다." 언제나 대우인들의 가슴에 울림으로 다가오는 눈물의 표어다. 돌이켜보면 이것은 희생을 전제로 하지 않고는 생각할 수 없는 표현이었다.

대우는 지나치게 직원들을 혹사하는 기업으로 정평이 나 있었지만 이 부분에서 정작 직원들의 불만은 별로 없었다고 기억한다. 아무리 열심히 한들 김우중 회장의 초인적인 일에 대한 열정을 따라갈 수는 없었기 때문이다.

기업인이나 종업원들 모두가 스스로를 애국자로 생각하던 시절이었다. 열심히 일하는 이유가 나라를 위한 것이라고 모두 생각했다. 희생은 우리 세대의 당연한 책무요, 우리 자신과 가족을 위하고 다음세대를 위한 성전(聖戰)이라고 대우인들은 생각했다.

대우의 기업문화는 고도의 자발성이 바탕을 이루고 있다. 스스로 일을 만들고 스스로 성과를 만들어내는 자발성이 대우 기업문화의 특성이다. 지휘감독체제가 일반적이었던 그 시절에 이러한 고도의 자율성은 창의력을 획기적으로 높이는 결과가 되었고 도전의 목표를 키워갔다. 대우건설이 금호그룹에 넘어가고 지휘감독 체제로 변환되자 경영 실적이 크게 후퇴한 것이 대표적인 사례이다.

대우 기업문화는 두 가지 키워드로 요약이 된다. 하나는 경영을 동태적(動態的)인 것으로 보았고, 비정형적(非定型的)인 것이라고 정의했다. 다시 말하면 경영을 늘 변화하는 동태적 상황으로 인식했고, 일정한 틀이나 정형이 없는 생물과 같은 것이라고 생각했다. 대우는 경영을 하면서 과거의 관행과 고식적이고 형식적인 모든 것을 배격했다.

이렇게 해서 동태적 경영과 비정형적 경영을 대우경영의 본질로 규정하였던 것이다. 대우인들은 과거의 기준과 지침에 얽매이지 않고 계속 새로운 기준과 근거를 만들어가면서 일을 추진하였다.

여기에서 대우인들의 대표적인 두 가지 행동가치가 생성된다. 하나는 Flexibility이고 다른 하나는 Dynamics였다. Flexibility는 사고의 유연성이고 Dynamics 행동의 역동성이다. 형식이나 기준에 구애되지 않는 사고의 유연성과 목표를 향해 과감히 도전하는 실천의 역동성이다. 김우중 회장은 "모든 일에는 1,000가지의 방법이 있다. 불가능한 일은 없다."고 늘 강조했다.

대우의 신입사원은 입사 후 홀로 설 수밖에 없는 조직 풍토에 시달린다. 흔한 OJT도 없고 업무 매뉴얼도 불충분하다. 업무에 숙달할 수 있도록 맡아서 도와줄 만큼 한가한 상사도 없다. 그러나 과장이 될 때쯤이면 신입사원은 검투사로 변신하여 해외시장에서 위력을 발휘했다.

사람들은 대우인들을 '난마(亂馬)처럼 뛴다'고 했다. 그러나 이것은 어쩔 수 없는 대우인들의 기질이었고, 개발경제시대에 신화적인 성장을 가능케 했던 최고의 기업 가치이자 최고의 기업문화였던 것이다.

　세월이 많이 지난 후에 다시 생각해보는 대우만의 남달랐던 기업문화를 반추해보는 기분은 씁쓸하다. 희생을 사훈으로 선택했던 유일한 기업, 희생을 사훈으로 받아들인 대우인들, 초인적인 열정으로 희생을 자청한 창업자. 이들이 이룩한 자취는 고귀한 우리나라 산업사의 한 페이지로 남아 있을 것이다. (2013. 7. 18.)

08.
대우의 일터에는 해가 지지 않는다

이것은 대우그룹이 일간지에 최초로 게재한 그룹 광고 문안으로 기억한다. 1974년 서울역 앞에 모습을 드러낸 대우빌딩은 당시 우리나라 경제개발의 상징이 되었고, 서울역을 오가는 시민들에게 경제성장의 뿌듯한 느낌을 안겨주던 시절이다.

준공 후에는 박정희 대통령이 둘러보러 올 정도로 상징적인 의미가 있었다. 김우중 회장은 이 빌딩에 대우 직원들이 꽉 차서 밤새도록 불을 밝히고 일하는 모습이 보고 싶다고 나름대로 소망을 밝히기도 했다.

열심히 일하는 것은 대우인의 소명이었고 미덕이었다. 당시 기업들의 출근 시간은 당연히 오전 9시였다. 9시에서 5시까지 일하는 9 to 5가 관행이었다. 그러나 대우의 출근시간은 8시였다. 8시 정각에 근무를 시작했다. 퇴근시간은 정해진 것이 없었다. 각자가 알아서 일하다가 알아서 퇴근하면 되었다. 문제는 일은 끝이 없다는 게 문제였다.

'별 보고 나가서 별 보고 들어온다'는 대우인들의 일상이 여기에서 나온 것이다. 거기에다 대우는 새벽회의를 일상화했다. 주로 부서장이나 임원들이 주로 해당되었지만 보통 7시에 새벽회의를 했다. 일과 시작 전에 회의를 해서 불필요한 시간을 절약하고자 했다.

경제개발시대에 이런 대우의 남다른 업무 관행은 많은 회사로 파급되어 한때 8시 출근이 보편화되기도 했다. 따지고 보면 개발경제시대에 모든 기업이 채택한 이 한 시간의 의미는 매우 중요했으며, 국가 발전에 적지 않은 기여가 되었을 것이다.

김우중 회장은 기업의 목적을 소유(所有)에 두지 않고 성취(成就)에 있음을 늘 강조했다. 실제로 일을 즐겼다. 열심히 일하는 목적을 소유에 두었다면 그런 초인적인 열정은 필요하지 않았을 것이다. 그리고 자신은 오너가 아니라 전문경영인이며 끝까지 전문경영인으로 남을 것이라고 기회가 있을 때마다 강조하였다. 이런 회장의 생각이 대우가 희생의 문화로 다져지는 데 결정적인 동기부여가 되었음은 물론이다.

실제로 김우중 회장은 1977년 창업 10년이 되는 해부터 사재를 출연하여 학술연구 지원을 목적으로 하는 대우문화복지재단을 설립하였고 장학 사업을 지원하는 학원재단, 낙도 및 오지의 병원의료 지원 사업을 목적으로 하는 의료재단, 언론인 양성 지원을 목적으로 하는 서울언론재단 등을 설립하여 기업이윤의 사회 환원을 적극 실천함으로써 국민기업으로서의 사명을 감당하였다.

현재 남대문로 5가에는 1985년에 준공된 지상 18층, 지하 2층의 대우재단 빌딩이 있으며, 이 재단들은 대우그룹이 해체된 지금도 흔들림 없이 목적사업을 수행하면서 사회에 기여하고 있다.

언젠가 대우 30년사 자료를 읽어본 일이 있다. 60년대의 열악한 환경 속에서 섬유로, 봉제로, 장난감으로, 텐트, 가멘트 등 경공업제품을 수출해서 중견기업이 될 때까지의 과정을 보면 고생은 말할 것도 없고 눈물겨운 노력의 결과임을 새삼 알게 된다.

대우가 기업의 면모를 갖추고 어느 정도 성장했던 시기에 입사한 사람들은 이를 잘 모르고 간과하는 경우가 많다. 나 역시도 대우센터가 완공된 이후 입사한 세대이다. 대우의 명성을 듣고 몰려온 세대이다.

기적은 이런 걸 두고 말하는 것일 것이다. 수학적으로는 계산이 되지 않는다. 누가 뭐라고 해도 1967년 단돈 500만 원의 자본금과 5명의 사원으로 시작한 대우가 우리나라 재계 2위까지 성장하는 30년의 역사는 기적의 역사이며, 그야말로 우리 시대의 막장드라마라 할 것이다.

대우에 들어가면 혹사당한다는 이야기가 대학가를 비롯하여 세상에 널리 퍼져 있었지만 대우 신입사원 공채에는 응모자들이 구름처럼 몰려들었다. 이렇게 일은 대우인들의 자부심이었던 것이다.

09.
관리혁명운동, 대우조선을 살렸다!

거제도에서 대우 관리혁명의 닻을 올려라!

1989년 12월, 김우중 회장은 그룹 임원을 용인연수원에 긴급 소집하고 대우 관리혁명을 선포한다. 그날, 자신의 희생적인 노력에도 불구하고 이 거듭되는 경영 위기에 회장님도 감정이 복받친 듯 울분을 억누르지 못하고 있었다.

그룹 존폐의 위기를 극복하기 위해서는 필사즉생의 각오로 모두가 똘똘 뭉쳐 관리혁명을 하지 않으면 살아날 수가 없다고 임원들 앞에서 절규하듯 말씀하셨다.

늘 자신만만하던 회장님이 이런 모습을 보이시다니…… 순간적으로 내 머리가 멍해왔다. 상황이 예사롭지 않았다.

공정 30%라고는 하지만 바닷가의 황량한 부지 외에는 아무것도 없었던 상태에서 부도난 옥포조선소는 당시 우리 경제의 발목을 잡고 있던 현안 중의 현안이었을 것이다. 삼성, 현대가 먼저 계산해보고 포기한 것을 젊은 김우중 회장은 정부의 간곡한 요청을 거부할 수가 없었다고 한다. 이렇게 악연은 시작되었다.

1989년 갑자기 밀어닥친 세계 조선시장의 불황은 힘겹게 회생의 과정을 버티고 있던 대우조선을 벼랑으로 몰아가고 있었다. 회장님은 대우조선을 정상화시키기 위하여 필사적인 노력을 쏟아 부었지만 막대한 투자자금과 비용을 감당하기는 처음부터 어려운 일이었다. 그룹의 자금이 대우조선에 집중적으로 투입되고 있었음은 물론이다. 그래서 '대우조선의 위기는 그룹의 위기'라는 말이 나왔었다.

특히 회장님의 대우조선 정상화 방법은 상식을 뛰어넘는 발상이었다. 방대한 조선소 건설과 두 척의 배를 동시에 건조하여 준공식에 맞춰 진수시킨다는 야심 찬 계획을 세운 것이다. 세계 조선업계에서는 다소 회의적으로 보고 있었지만 경쟁사를 압도하는 대박을 터트리자는 속셈이었을 것이다.

그 후 선박 건조 경험이 전무한 엔지니어들을 총동원하여 고도의 기술 축적이 있어야 가능한 화학운반선과 벌크캐리어 등을 만들어내고 조선소 공사를 조기에 완공시킴으로써 세계 조선업계를 경악시켰음은 물론이다.

대형조선소로서 본격적인 생산을 시작하고 있던 1989년, 세계 조선시장에 불황이 불어 닥치고 국내 상황은 반 정치투쟁과 맞물려 산업계에 불법 노동운동이 기승을 부리고 있었다. 회생의 실마리를 찾아가고 있던 거제도에도 노사분규 바람이 일고 생산현장은 파업으로 몸살을 앓고 있었다.

80년대 만해도 조선 산업은 노동집약적인 산업이었다. 선박엔진을 비롯한 거의 모든 부품은 수입되었고, 선박의 설계기술도 전적으로 외국에 의존해야 했으므로 부가가치가 낮은 취약한 업종이었기에 불황의 그늘이 깊었다.

회장님의 명에 의하여 긴급히 거제도에 기조실 옥포연수원이 만들어지고, 그룹의 대리급 이상 전 간부를 대상으로 한 관리혁명교육이 이곳에서 단행되었다.

회장님은 그룹의 명운이 달린 거제옥포조선소 현장에서 관리혁명교육을 통해서 모든 간부가 위기를 목격하고 체감하는 가운데 위기 극복을 위한 다양한 노력을 결집시키고자 하였던 것이다. 이 위기관리 교육은 3년 동안 계속되었다. 대우캐리어를 맡고 있던 최정호 사장이 차출되어 합류한 것은 이때였다. 회장님께 천거를 올려 즉석 재가를 받았었다.

대우조선에 희망90's 교육 프로그램을 제공하여 현장 근로자의 대대적인 의식개혁을 추진, 생산 현장에 일대 쇄신의 전기를 마련하였으며 현장 자체적인 활동으로는 현장 합리화를 위한 '반 생산회의' 제도를 만들어 노사문제 및 생산성 향상에 주력하는 한편, 대대적인 현장 정리정돈과 청소로 환경개선과 작업의식 개혁을 도모하였다. 매일 아침 6시에는 어김없이 조선소장과 모든 임원들이 빗자루를 들고 근로자와 함께 아침 청소를 하였다.

또한 대우조선 생산성 향상을 위하여 IE(Industrial Engineering)기법과 VE(Value Engineering)기법을 조선 생산라인에 적용하고 일본 컨설턴트 '이시바시'를 투입한 것도 이때였다.

회장님은 모든 해외 출장을 중단하고 거제도에 상주하시면서 조선 근로자들과 함께 지내셨다. 근로자들이 툭하면 타박하는 구내식당에서 식사를 해결하시면서 스스로 동고동락하기를 자청하셨다. 멀쩡한 식사를 '이것이 개밥이지 사람이 먹는 식사냐?'고 식판을 내동댕이치는 살벌한 분규의 와중에서도 개의치 않았다.

노사문제에 대한 모든 근로자와의 대화는 피하지 않고 늘 직접 나서서 함으로써 근로자들의 고충과 어려움을 이해하고자 하였다. 어린 시절 가난을 몸소 경험했던 회장으로서는 결코 남의 일이 아니었을 것이다.

회장님이 생산직 근로자들의 가정방문을 시작한 것도 이때였다. 회장님은 매일 아침 근로자들의 집을 한 집씩 찾아가 그 집의 아내가 지어주는 아침식사를 가족들과 함께 하면서 미안한 마음을 전하고 조금만 기다려주면 우리에게도 희망이 있다는 다짐을 전함으로써 감정의 일치를 이루어냈다.

회장님의 진정성에 눈물을 흘리며 인간적으로 승복하였다.

"죄송합니다, 회장님!"

회장님이 거제에 상주하시는 동안 이 일은 하루도 빠짐이 없이 계속되었다. 회사를 살리고자 하는 눈물겨운 노력과 가식 없이 노출돼버린 회장님의 실생활들을 실제로 목격하면서 그렇게 격앙되어 있던 근로자들 사이에서도 회사를 이해하려는 움직임이 서서히 살아나고 진정되어가는 변화가 일어났다.

절체절명의 그룹 위기에서 혁명적으로 바뀌고자 했던 대우인 모두의 노력에 힘입어 그룹의 사정도 달라지기 시작했다. 조선현장은 생산라인에 최초로 도입하여 적용했던 IE와 설계 분야에 적용했던 VE기법으로 비용절감과 생산성을 획기적으로 개선하는 데 성공했다.

이와 함께 대우조선 박동규 소장의 주도하에 생산현장에 실시한 '반 생산회의'를 통해서 무너졌던 직, 반장의 역할과 직무상 권위가 재정립되고 효율적인 생산관리가 가능해졌으며 근로자들의 작업의식을 재정립시키는 계기를 마련하였다.

관리혁명운동이 계속된 3년 동안 멀게만 보였던 일본 제조업의 경쟁력의 비밀을 캐기 위해 많은 노력을 하였다. '야하기' 등 일본의 유명한 컨설턴트를 초빙하여 임원 교육에 주력하였고, 그룹 가족사도 혁신기법들을 생산현장에 도입, 적용하는 등 자체계획을 세워 현장혁신과 비용절감에 매진하였다.

대우자동차 생산혁신을 위하여 도요타의 JIT(Just In Time)시스템을 도입한 것도 이때다. 한국능률협회 주선으로 굳게 닫혔던 도요타자동차 생산라인을 개봉하여 견학할 수 있었고, 관련 엔지니어들이 대대적인 전수교육을 받았다. 경쟁관계를 의식해서 일부 감추려는 자료와 기술들을 알아내기 위한 해프닝과 에피소드는 한두 가지가 아니다.

회장님은 수없이 거제도를 다니시면서 김해공항에서 헬기를 이용하셨다. 당시 김해비행장에는 대우조선과 관련된 많은 주요인사와 외국인 기술자, 바이어 등 통행이 빈번하여 2대의 대우헬기를 대기시켜 놓고 있었다.

한 대는 엔진이 하나뿐인 좀 오래된 단발 헬기였고, 또 한 대는 신형 시콜스키 쌍발 헬기였다. 그런데 회장님은 꼭 다소 위험할 수 있는 단발 헬기만을 굳이 고집하셨다. 신형이 대기 중인데도 말이다.

김해에서 거제도까지는 대략 15분 정도 걸리는 짧은 비행거리지만 바다 위를 날아가야 하기 때문에 해무 등 기상의 영향을 많이 받았다. 어떤 때는 바람이나 안개로 가다가 되돌아오는 경우도 종종 있어서 내심 불안한 비행이기도 했다.

"아니 회장님! 저기 신형이 있는데 왜 이 헬기를 타시려는 겁니까?"

"회장님은 항상 최고의 안전이 보장되어야 하지 않습니까?"

"아니야, 김 이사. 죽고 사는 것은 하늘이 정하는 거야."

사업도 Risk-Taking을 선호하시면서 이런 것까지 위기를 즐기시는, DNA는 못 말리는 회장의 속성인가 보다.

3년간에 걸친 대우관리혁명은 그룹 전체의 분위기를 혁명적으로 반전시켰고, 이후 조선 경기도 살아나서 극적인 매출 신장이 이루어지고 정상화의 길로 들어서게 되었다. 지금 대우조선은 산업은행으로 넘어가 이름도 바뀌었지만 이렇게 세계 경쟁력을 갖춘 대우조선은 시작부터가 세계 조선 역사상 극적인 성공 사례로 남아 있을 것이다.

대우관리혁명은 대우그룹의 모든 회사가 하나의 목표를 가지고 결집되었던 아름다운 투혼이었으며, 위기에 강한 대우의 잠재력을 세상에 유감없이 보여준 사례 중 하나이다.

1992년 12월 관리혁명이 끝나던 날 회장님은 틈을 내셔서 교육 팀 직원과 가족 모두를 힐튼으로 초청하여 만찬을 베풀었다. 늘 시간에 쫓기는 회장님의 일상에서 식사를 초대하는 일은 이례적인 일이었지만 교육 팀에게는 두 번째 식사 초대인 셈이다. (2010. 7.)

10.
감수성훈련(S.T)으로 마음을 돌리다

여기는 수원 근교, 산속에 위치한 크리스천 아카데미 연수원이다.

오늘은 자동차 부평공장 핵심 농성 주모자 교육이 시작되는 날이다. 일순 폭풍전야와 같은 정적과 긴장이 숲 속의 외딴 연수관을 무겁게 휘감고 있다.

멀리서 들려오는 알 수 없는 함성과 우렁찬 노동가 소리는 진군하는 스파르타군 병사의 갑옷 소리처럼 스산하고 요란했으며, 탱크를 앞세워 밀고 내려오는 롬멜의 전차군단과도 같이 소름 돋는 기백이 넘치고 있다. 저마다의 눈빛에는 살기마저 등등하다.

불법 노동투쟁과 현장 파괴를 일삼던 자동차 노동조합 강성 근로자들! 그들 300여 명은 교도소에서 수개월의 형기를 마치고 오늘 석방되어 출소하는 날이었다. 대여섯 대의 버스에 분승한 근로자들은 북한의 노동가를 부르면서 버스 차창 밖으로 팔을 내밀고 차체를 요란하게 두드리며 위협적으로 시위하면서 교육장에 도착한다.

이때는 정치적인 상황과 맞물려 불법노동투쟁에 대하여 정부도 무기력한 시대 상황이었다. 이건 개발경제의 성장통이었지만 당시는 정치적인 투쟁과 맞물려 증폭되는 사회 분위기였다. 출소하는 근로자들은 반성은커녕 노동운동을 하다가 별을 하나 달았다는 생각에 의기충천하였고, 자부심으로 오히려 더욱 기승을 부리고 있었다.

이즈음 부평의 자동차는 하루가 멀다 하고 근로자의 불법 시위와 폭력적인 파업에 생산현장은 이미 마비되었고, 회사는 파산 직전에 내몰리고 있었다. 생산계획의 차질과 품질 불량으로 회사의 적자는 눈덩이처럼 불어나 창사 이래 최대의 위기를 맞고 있었으며, 수출 비중이 높아 제품 Delivery가 안 되자 해외 바이어들의 클레임이 봇물처럼 터져 국제신용에 심각한 타격을 입고 있었다.

노와 사는 서로 다른 입장에서 회사의 경영을 책임지는 협력관계이지만 시대적인 분위기 속에서 적대감은 극한을 치닫고 있었다. 사장실은 걸핏하면 노동자들에게 점거되고 파괴되었으며 심지어는 사장, 임원들을 엑스카베이타에 올려놓고 흔들어 생명을 위협하거나, 드럼통에 강제로 가두고 밖에서 몽둥이질을 하는 등 비인간적인 극렬한 난동을 서슴지 않았다. 한 조직 안에서 위계를 가지고 동고동락하던 사이는 이미 아니었다.

임금과 근로 조건 개선으로 시작된 투쟁은 날이 갈수록 변질되어 조합원의 경영 참여 등 무리한 요구로 증폭되고 생산현장 파괴는 일상화되었으며 사용자의 폭행, 감금을 일삼는 등, 도를 넘었지만 결국은 경찰권으로도 제어가 안 되고 대량 구속과 사법처리까지 가게 된 것이다.

극렬한 노동운동은 경제발전 단계에 과도기적 현상이기는 했지만 분수를 모르는 우리의 국민성은 사회적 합의를 못하고 상생이 아닌 상쟁으로 치달으며 파행적인 노사대립이 끝없이 반복되던 시절이었다.

김우중 회장은 교육 팀에게 밀명을 하달하였다. 교도소에서 출소하는 농성 주모자들을 직접 현장에 복귀시켰다가는 다시 회사가 마비가 될 판이니 어떻게 해서든지 순화를 시켜서 내려 보내라는 내용이었다.

그러나 수개월의 수감 생활도 아무 도움이 안 된 사람들을 무슨 방법으로 진정시키고 세뇌를 시킬 수 있을지 정말 난감하기만 하였다. 교육이라는 것도 스스로 변화하려고 할 때 가능한 것이지 이렇게 격앙되고 막가는 자들을 어떻게 바로 잡을 건지 정말 방법이 없었다.

김영복, 서윤칠 등 Task Force 팀을 구성해가지고 연구한 끝에 나는 감수성훈련(Sensitivity Training)을 돌리기로 했다. ST훈련은 가상죽음이라는 극적인 상황과 분위기를 연출하여 근원적으로 자신의 과거와 현재와 미래를 돌아보면서 통한의 아픔을 일깨우고 가족에게 남기는 마지막 유언장을 작성하고 지금까지의 자신을 장사지냄으로써 자신의 인생을 청산하고 새 출발하도록 동기부여를 해주는 교육 프로그램이었다. 회사의 문제가 아닌 우리 자신들의 근원적인 문제로 접근하였다.

우선 이 교육의 특징은 입소 후 시작 단계에서 교관들은 교육 진행에 대한 자세한 안내나 오리엔테이션 등을 일절 하지 않고 방치한다. 격앙된 분위를 반전시키는 모티베이션 단계다.

현관에 세워져 있던 대형거울이 누군가에 의해서 박살이 났다. 급기야는 불만이 터져 나오고 소란스러운 분위기가 되면서 피교육생 간에 갑론을박이 벌어진다. 의견이 갈린다. 초기에는 교육에 대한 강한 거부감이 일어나고 시간이 가면서 교육에 대한 궁금증으로 변하고 관심과 기대로 반전됨으로써 서서히 교육에 인입되는 자세를 다져가는 방법을 쓰고 있다. 발광하고 나면 심리적으로 정화되는 것과 같은 이치이다.

시간이 지나면서 흥분이 가라앉고 산만한 분위기가 정리되면서 교육에 대한 의문과 기대감이 나타나고 수용하는 단계로 이행된다.

교육이 시작되면 제1단계는 태어나고 성장하면서 자기가 지금까지 살아온 과거를 돌아보며 모든 과정을 솔직하게 적게 한다. 고향 부모, 가족, 친구, 자녀, 회사 등등을 떠올리며 지나온 세월을 반추한다.

80년대라지만 우리는 아직 가난했고 우리가 살아온 과거는 누구나 한이 많고 잘못한 일도 많아 회한이 있기 마련이며 현재 겪고 있는 어려움과 함께 동화되면서 숙연한 분위기로 갈 수밖에 없다.

제2단계는 그러면 나는 앞으로 어떤 인생을 살 것인가? 현재 나는 어떻게 살고 있나? 나는 현실에 충실하게 살고 있는가? 나에게 닥친 어려움은 무엇이고 어려움은 어디서 왔으며 앞으로 어떻게 해결해 나갈 것인가? 나는 어떤 사람으로서 어떤 인생을 살아갈 것인가? 미래의 희망과 자신이 추구하고자 하는 행복을 기술하게 한다. 이것은 제1단계의 연장선상에서 분위기를 이어가며 현재의 잘못을 인식하고 보다 나은 내일을 위한 희망과 기대와 다짐으로 마음을 끌어올린다.

제3단계는 현재까지의 나를 장사 지내는 죽음을 체험하는 단계이다. 지금까지 잘못 살아온 나 자신을 청산하기 위해서 장례식을 거행한다. 이때 사랑하는 가족에게 남기는 유서를 작성하여 자신이 들어갈 관 앞에서 낭독하고 스스로 입관이 된다. 죽음 앞에 쓴 마지막 유서는 결코 자신을 속일 수 없다. 이 단계에서 그렇게 살기등등하던 근로자들도 흐느끼기 시작한다.

장례식장으로 꾸민 교실은 장막이 쳐지고 흐늘거리는 촛불 속에서 컴컴하고 음습하며 애끓는 독경소리와 함께 향이 타는 냄새가 진동하고 있다. 병풍 앞에 놓인 관에는 하얀 홑이불이 덮여 있고, 연수생이 들어가면 뚜껑을 닫고 못을 치며 3분 이상 죽음의 늪으로 빠진다. 멀쩡한 사람도 최면에 걸리는 순간이다.

모든 사람의 얼굴들이 알 수 없는 흥분으로 상기된다. 밤이 깊은 시각, 어둠과 정적 속에서 숨길 수 없는 감정들이 깨어난다. 연출자인 강사와 진행 요원들도 긴장감 속에서 함께 동화된다. 난생처음 겪은 죽음 체험에서 오는 알 수 없는 전율은 상당시간 동안 지속 되는 가운데 깊은 상념과 회한에 젖어든다.

이렇게 교육 마지막 밤은 짙게 깔린 어둠 속에서 스스로를 돌아보고 자신과 화해하면서 깊어간다. 이 교육은 개별적으로 진행되는 프로그램이어서 늦은 저녁에 시작한 장례식은 새벽까지 계속되었다.

처음으로 체험한 장례식과 죽음. 교육생들의 표정은 몰라보게 바뀌어 갔다. 이렇게 긴장과 흥분 속에서 3박 4일의 교육이 끝난다. 진행자도 긴장 속에 넋이 나간 것처럼 허탈하고 진이 빠지는 순간이다.

공감을 이끌어내기 위하여 마음을 졸이며 치밀한 준비와 계획으로 연출한 결과가 상황을 바꾸어놓았다. 수료하고 돌아가던 날 그렇게 살기등등했던 근로자들은 전혀 다른 사람으로 변한 것처럼 보였고, 교관들에게 감사하다는 인사를 하며 연신 허리를 굽혔다. 입소할 때의 살벌한 분위기와는 전혀 달라진 것이다.

현장으로 돌아간 근로자들은 기존 근로자들과 다시 뒤엉키며 얼마가 지나자 교육이 무색하게 되긴 했지만 그러나 그때 교육에 참가했던 근로자들은 훗날에도 그때의 교육에 대하여 많은 말을 남겼다.

김우중 회장은 교육을 경영의 핵심기능으로 육성하고 교육 팀을 늘 경영문제 해결의 전위조직으로 활용한 최고경영자이다. 대우가 성장해가는 동안 늘 교육에 대한 투자를 아끼지 않았다.

이 프로그램은 김우중 회장에게 교육에 대한 확신을 심어주는 계기가 되었으며 더욱 깊은 신뢰와 지지를 보여주었다. 이 교육은 내가 총지휘했고 기조실 교육 팀과 인간개발원 양승봉 원장과의 합작으로 이루어졌다. 옛날 얘기가 되었으니 이제는 말할 수 있는 일이다. 개발경제시대를 치열하게 함께 살아온 사람들의 작은 흔적일 뿐이다.

11.
대우창업 20주년 이야기

1985년 여름에 김우중 회장은 이례적으로 기조실 교육 팀 전원을 식사에 초대하였다. 이때는 해외시장이 급신장되면서 대우가 승승장구하던 시절이었다. 그러나 상대적으로는 자금의 압박과 유동성에 어려움이 가중되었던 시기이기도 했다.

이즈음 시중에는 '국제 다음에 대우다.'라는 루머가 돌아다니고 있었다. 그러나 평소에 위기를 즐기며 '위기가 곧 기회'임을 강조해 온 회장에게는 별문제가 안 되었고, 조직의 내부 단속과 이노베이션으로 난관을 극복하고 있었다.

STORM'85라는 캐치프레이즈가 탄생된 배경이다. 대우그룹 전 사업장과 종업원 교육을 통하여 현재의 위기상황을 공유하고 내부혁신을 통한 비용절감 및 생산성 향상을 위한 혁신운동이 그룹 차원에서 대대적으로 추진되었고 교육 팀은 이 일에 매달려 밤낮이 없던 때였다.

김 회장님은 그 바쁜 와중에서도 '회장과의 대화'를 고집하여 기조실에서 하는 모든 교육 과정에 반드시 참석하여 현재 그룹의 상황과 향후 비전에 대해 공유하는 시간을 가졌다. 소통을 중시한 회장의 경영방식이다.

식사 약속을 했지만 늘 시간에 쫓기는 회장의 스케줄을 맞출 수가 없어

몇 번을 바꾼 끝에 조찬으로 결정되어 직원들과 함께 힐튼호텔로 건너갔다. 그날 기조실장 홍인기 사장과 특별히 법제실의 박종덕 이사가 참석했었다.

사실 나는 이 만남을 개인적으로 벼르고 있었다. 회장에게 중요한 결심을 받아내야 할 상황이 있었기 때문이다. 그것은 다름 아닌 연수원 공사 착공에 관한 것이었다. 나는 당시 기조실 제5부장으로 교육 팀을 책임 맡고 있었다.

1979년 기조실 교육 팀을 창설하여 그룹 교육을 담당하면서 '인재의 집단'이라는 대우의 상징성과 '기업은 사람'이라는 김우중 회장의 경영철학을 구현하기 위한 100년 대계로 용인 인력개발프로젝트를 기획하고 추진하던 중이었다.

장장 3년여에 걸친 우여곡절 속에 경기도 일원의 땅을 샅샅이 뒤져 용인 백암면에 54만 평 부지를 평당 2,700원에 구입하였었다. 용인단지는 대우인력개발의 산실로 규정하고 인재양성을 위한 그룹 연수시설과 기술연구소, 대우역사관, 종합 체육단지 및 직원 주말휴양시설 건립이라는 5개 컨셉트를 설정, 마스터플랜을 완성하고 5개 권역으로 토목공사를 밀어붙이고 있었다.

1차 공사는 연수원 건축공사였다. 이 사업을 대우창업 20주년 기념사업으로 설정했다. 서울역 앞에 우뚝 솟은 대우빌딩은 우리나라 경제성장의 징표로서 모든 사람의 뇌리에 새겨진 것처럼 인재의 집단이라는 대우가 창업 20년에 인재양성을 위한 큰 걸음을 우리나라 산업계에 제시하고자 했던 것이다.

설명을 듣고 난 김 회장은,

"다 좋은데 너는 왜 이렇게 크게 벌이냐?"

"회장님도 모든 일을 크게 벌이시지 않습니까?" (파안대소)

"20주년 기념사업으로 좋은데 너 장교 출신이니 군대 바라크 알지? 우선 군대 바라크처럼 짓자. 나중에 다시 잘 지으면 될 것 아니냐? 평당 100만 원 이하로 해."

"……."

그날 저녁 솔직히 잠이 오지 않았다. 나로서는 삼성이나 현대 등 경쟁사의 시설 현황을 알고 있을 뿐만 아니라 미국이나 일본의 경우를 보아도 건물 자체가 그 회사의 아이덴티티가 되던 시절이었으므로 잘못했다가는 20주년 기념사업을 안 하느니만 못한 일이었다.

고민 끝에 설계를 맡으셨던 서울건축 김종성 교수에게 설명을 하고 수용 규모를 600명에서 400명으로 줄이되 건물은 고급으로 설계해주도록 요청하였다. 건설의 장영수 사장에게는 유능한 현장소장을 보내달라고 부탁을 해서 윤춘호 차장(대우건설 부사장 퇴임)이 차출되어 왔다.

2년 반의 공사 끝에 평당 180만 원짜리 연수원이 탄생되었다.

지금 생각하면 당시의 정치적인 여건과 내부 경영의 복잡한 상황 속에서 내려진 어려운 결정이었다. 회장님이 얼마나 고심하고 어려운 결정을 하셨는지 나는 세월이 한참 흐른 후에야 알 수 있었다.

회장님은 연수원 공사에서 결정적인 훈수를 하셨다. 3개의 강의장을 무빙파티션으로 설치해 강의장 또는 대형 세미나장으로도 겸용할 수 있도록 지시하신 것이다. 설계 팀에서도 착안하지 못한 것을 한눈에 지적하신 것이다. 훗날 연수원을 짓고자 했던 많은 사람들이 벤치마킹을 해갔던 일이다.

공사가 거의 끝나갈 무렵 회장님이 예고 없이 오셔서 날카롭게 공사 내용을 철저히 따지고 검사하실 때는 몹시 긴장도 하였다. 현관 입구에서 대기하고 있던 현장소장에게 명함을 내놓으라고 다그치시기도 했다. 나름대로 노력도 하였지만 공사는 잘된 것 같았고 하자가 발견되지 않았다.

돌아보실 코스를 미리 그려놓고 1~3층을 두루 돌아보시고 옥상으로 모셨다. 설명을 들으시면서 옥상에서 내려다보이는 잔디구장과 멀리 내다보이는 장군봉의 수려함에 회장님은 알 수 없는 미소를 흘리셨다.

가시겠다고 해서 현관에 나가 인사를 드렸다. 연수원을 출발하시다가 자동차가 백을 하더니 유리문이 사르르 열렸다.

"평당 얼마 들었어?"
"예. 평당 180만 원 들었습니다."
말없이 유리문이 닫혔다. 1986년 3월 19일 오후의 일이다.

평당 100만 원 이하로 하라고 직접 당부하셨는데 나는 항명을 했다. 결과가 어떻게 되든 나는 회장의 입장에서 이 일을 추진했다고 생각했다. 선택의 여지는 없었다.

3일 후 3월 22일, 회사 창립기념일에 힐튼에서 스탠딩 뷔페를 하고 있을 때 일부러 내가 있는 테이블에 오셔서 용서의 제스처를 보여주실 때까지 따는 왠지 모를 지루한 날을 보냈다.

얼마 후 3월 26일, 준공식이 거행되고 임원 세미나가 열렸을 때 운영위원 중 한 분이 "우리 대우가 이런 호화로운 연수원을 가지리라 어떻게 상상을 할 수가 있었습니까?" 하고 감회를 털어놓았다. 비싼 연수원이라고 설왕설래가 많았다는 뜻이었다.

그러나 이것은 대우 20주년 기념사업으로 성공적이었고, 대우의 신선한 조직문화를 산업계에 보여준 쾌거가 되었다. 동업계의 많은 사람들이 용인 마스터플랜과 연수시설에 대해 찬사를 보내왔다.

얼마 후 고등기술연구원이 들어서고 잔디구장, 실내체육관 준공 등 면모를 갖추어 나갔다. 회장님은 시간이 나실 때마다 머무르시면서 휴식도 하시고 경영 구상을 하시면서 그룹의 많은 행사를 주관하시기도 했다.

용인은 대우인의 마음의 고향이 되었다. 이렇게 태어난 용인연수원은 모든 대우인들에게 자긍심이 되었고, 이 연수원을 거쳐 간 수많은 대우인들의 자부심으로 남게 되었다.

이제 흘러가버린 이야기가 되었다. 지금은 대우조선으로 넘어간 상태다. 산업은행이 주인이 되었다. 산업은행 출신이 연수원장이라고 와 있다는 얘기 듣고 실소를 금치 못했다. 어찌 오늘과 같은 현실이 되었는가? 너무 억울하지 않은가?

17억으로 산 땅은 현재 고등기술연구원이 있는 부지 10여만 평을 빼고도 나머지 44만 평을 POSCO에서 1,000억에 인수교섭을 해왔다는 얘기를 듣고 왜 이렇게 쓸쓸한 기분이 드는지 모르겠다. 지금은 아예 '써닝포인트'라는 퍼블릭 골프장이 되어버렸다. 나의 꿈과 대우의 꿈이 날아가 버린 현장이다. (2013)

12.
대우 글로벌 리더를 양성하라

대우가 그룹 차원에서 직원들의 해외유학제도를 처음 시작한 것은 1981년 일이다. 불과 창업 14년 만에 결정된 일이다. 글로벌 리더를 양성하라는 김우중 회장의 지시에 따라 기획조정실 교육연수부에 해외연수팀을 만들고 직원들을 상대로 해외유학제도를 본격적으로 시행하였다.

그룹 전체로, 연간 20명 내외의 인원을 매년 선발하여 석·박사 학위취득 유학을 보냈다. 당시 대우는 무역, 건설, 중공업, 전자, 조선, 자동차, 화학, 금융업종으로 포진되고 있었기 때문에 주로 기계공학, 조선공학, 전자공학, 건설관리, 자동차, 화학, 금융 등 분야를 선정했다.

계열사별로 해당 업종에 맞는 전공을 선택하고 우수한 직원을 선발하여 선진국의 유수한 대학으로 보내 석·박사 학위를 하도록 지원하였는데, 유학기간은 석사, 박사에 최장 5년이었고 학비와 생활비 일체를 지원했다. 유학 파견 국가는 미국, 영국, 프랑스, 독일, 일본 등이었으며 1996년 말까지 200명 이상의 인원이 학위를 취득하였다.

개발경제시대에 기업들이 여러 가지로 어려웠던 대내외 여건 속에서 직원들을 전액 회사 비용으로 해외유학을 보낸다는 것은 당시로서는 얼른 납득이 가지 않을 정도로 산업계에서도 최초의 일이다.

김우중 회장은 해외 전문가다. 글로벌시장을 상대로 사업을 하면서 사람의 경쟁력을 절감하셨을 것이다. 김 회장은 기본적으로 인재에 대한 욕심이 많다. 대우에는 스펙이 좋은 인재들이 많이 모여들었고, 우수한 사람들에게 각별한 애정을 가졌다. 우수한 사람들은 언제나 어디서나 무조건 받아들였다. 그렇게 해서 머리 좋은 사람들을 길러 검투사로 만드는 것이다.

계열사별로 유학을 마친 인력들이 점점 늘어나고 간부를 형성하면서 회사의 잠재력이 되었고 미래를 받쳐주고 있었다. 대우의 해외유학제도는 대우가 어려워졌던 1990년대 후반까지 계속 유지되었다.

대우의 사장들은 대부분이 하버드의 AMP과정을 다녀왔다. 임직원들은 자신의 업무와 관련해서 필요하다면 언제나 해외 유수대학의 Summer School이나, 장단기 Course work 등을 참가할 수 있도록 개방되어 있을 정도로 인력개발에 관한 비용에는 개의치 않았다.

그러나 1세대 유학세대가 대우 계열사의 CEO로 막 등장하기 시작하던 그때에 대우그룹이 해체되는 비운을 맞은 것은 참으로 안타까운 일이었다. 대우출신 유학세대들은 다른 회사 CEO로 불티나게 팔려나갔으니 나라를 위해서 좋은 일을 한 셈이다.

13.
나는 이렇게 살았다!

나는 17년 동안 대우기획조정실에서 교육 및 인력개발 업무를 담당했다.

1979년 3월 그룹기조실 최초의 교육부서장이 되었고 1982년에 부장, 1986년에 이사부장, 1990년에 이사, 1993년에 상무를 거치며 1996년까지 17년을 한자리를 지키며 일을 했다. 그룹 인력개발원을 만들고 모든 업무를 관장하였다.

김우중 회장은 대우의 교육을 경영위기 극복을 위한 혁신의 도구로 활용했기 때문에 회장의 최측근으로서의 위상이 주어졌고, 회장이 가장 중시했던 경영 현장이었으므로 회장과 함께 동고동락하는 생활이었다.

대우에서 한자리에 그렇게 오래 버틸 수 있었던 사람은 내가 유일한 경우였다. 대우에는 회장의 경기 후배도 많고 또 여러 사람들이 내 자리를 차지해 보려고 했지만 회장은 내 문제만큼은 요지부동이었다.

김우중 회장이 누군가? 회장은 나의 강점과 약점을 너무 잘 파악하고 있었을 테지만 나의 장점이 자기에게 도움이 되어 활용한 것뿐일 것이다. 사주에 합이 들어 있는지 아무튼 이상하게도 나는 회장과 거리감을 느끼지 못했고 주눅이 들지 않고 할 말, 안 할 말을 거침없이 하는 용감함과 순진함을 동시에 가지고 있었다.

나는 기업 총수의 측근으로서 사회적으로 평가받으며 힘은 들었지만 개발경제시대에 긍지를 가지고 살아온 셈이다. 공채로 입사했고 김우중 회장과는 개인적으로 아무 연고도 없었던 사람인데 이 살벌한 판에서 참으로 기이한 인연을 만든 것이다.

산업계를 보아도 내 경우처럼 인력개발 분야에서 오래 종사한 경우가 없고, 특히 총수가 교육을 직접 챙기며 중시하는 경우는 드문 예였기 때문에 내 이름은 산업계에 널리 알려지기도 했다. 나를 못 만나 본 사람도 내 이름은 널리 알려져 있었다.

결국 나는 1993년 업계 최초로 대우그룹 인력개발원 대표로 사회적 공로를 인정받아 정부에서 대통령이 수여하는 산업훈장을 받게 되었고, 1994년에는 산업계에서는 유일하게 교육부의 중앙교육심의위원회 위원으로 위촉되어 활동하기도 하였다. 2004년도에는 교육부의 요청으로 교육부 총괄국장의 공채에 면접심사위원장을 맡기도 했다.

나의 업무 스타일은 정형이 없었다. 나는 논리를 중시하였지만 항상 상황을 중시하였기 때문에 비정형적, 동태적 의사결정 스타일이었다. 이것은 대우 문화의 본질이기도 했으며, 전적으로 회장을 모시고 지내면서 배운 철학이기도 했다.

회장의 의사결정은 상황에 따라 늘 변화했다. 이걸 이해하지 못하는 사람은 무척 피곤하고 감을 못 잡아 항상 질책의 대상이 되었다. 회장은 어떤 경우에도 최선을 선택하는 의사결정을 하였다. 불과 5분 전에 결정한 사항도 아니라고 생각되면 미련 없이 바꾸어 버린다.

내가 17년 동안 회장으로부터 한 번도 질책을 받지 않은 이유는 어떤 상황 변화에도 통하는 최선책만을 회장에게 보고하여 결재를 받았기 때문이다. 회장은 교육에 관한 한 어떤 지시나 지침을 내린 적이 없으며 결재 받는 사오십 여분 동안 "알았어!" "그렇게 해!"라는 말 이외에는 들어본 적이 없었다.

똑같은 사안을 가지고 내 후임이었던 고기환 전무는 서류가 날아가고 질책과 언사가 난무했던 적이 많았다고 한다. 고기환 전무는 내가 아주대학에 가 있을 때 잠깐 후임으로 왔던 사람이다.

나의 업무는 그룹교육을 총괄하는 일이었다. 그 당시에는 그룹의 과장급 이상 간부의 교육은 기조실에서 통합하여 시행하고 있었다. 그 당시 대우그룹은 계열사, 비계열사 등 40여 개 관계회사가 있었지만 교육 전담조직이나 인력이 빈약했기 때문에 그룹에서 일괄 집행한 것이다.

요즘은 웬만한 기업들은 인력양성과 경쟁력 향상을 위한 차원에서 자체 교육체계와 연수시설을 가지고 교육을 상시 운영하고 있지만 이 당시는 우리나라 산업교육의 초창기여서 미국, 일본의 교육을 모방하면서 한국 실정에 맞게 개발해 나가던 시기였다. 대우는 재계에서 삼성이나 현대에 비해 후발기업이었기 때문에 그룹은 외형 성장 전략으로 일관했다.

1979년부터 80년대 중반까지는 교육의 중심 과제는 대우가족화운동이었다. 대우는 부실기업을 인수하여 정상화하는 전략에 따라 여러 회사를 그룹에 편입하고 있었다. 한국기계, 신진자동차, 대한전선, 옥포조선, 신아조선 등 인수된 회사 직원들은 대우를 점령군이라고 불렀다.

당연히 이들 회사와 대우와의 동질화 작업이 가장 중요한 경영현안이 될 수밖에 없었다. 그러나 인사관리의 소홀로 이들의 이질감은 쉽게 극복이 되지 않은 것이 후일 대우의 실패 요인이 되었다.

1985년에 들어와 급성장에 따른 자금의 위기가 계속되었다. 위기관리와 혁신의 동기를 부여하기 위하여 STORM'85가 기획되고 대대적인 교육이 그룹 전체에 시행되었다. 이때에는 국내는 물론이고 해외현장 및 해외지사까지도 확대 시행하였다. 미국, 영국, 리비아 등에서 교육이 이루어졌다. 일차 정돈이 되었다.

그로부터 4년 후 1989년, 다시 그룹에 위기가 닥친다.

무리한 옥포조선의 인수와 정상화 과정에서 야기된 세계 조선경기의 장기 침체로 자금의 위기가 그룹 전체의 침몰로 내몰리고 있었다. 절체절명의 위기에서 김우중 회장은 관리혁명을 선포하고 거제도에 상주하기로 결정하였다.

기조실 옥포연수원이 구성되고 나는 옥포연수원장으로 부임하게 되었다. 거제도 대우조선 현장에서 대대적인 관리혁명교육이 시작되었다.

김우중 회장의 요청으로 아주대학 총무처장으로 나가있던 나는 다시 거제도로 긴급 복귀하여 프로젝트를 주관하게 된다. '이시바시'라는 일본의 컨설턴트를 초빙하여 조선소 현장 생산성을 올리기 위한 컨설팅과 IE, VE 교육을 실시했고, 그룹 차원에서는 "야하기" 라는 일본 최고수 컨설턴트를 초빙하여 대대적인 임원교육을 하였다.

김우중 회장에게 교육은 그룹의 내부단속과 위기의식의 고취를 통하여 위기에 대응하는 고도의 전략이었으며, 대외적으로는 정부에, 은행권에, 또는 대우와의 이해관계자에게 보내는 일종의 시위성 홍보 전략이기도 했다.

그 후 IMF와 함께 사라진 대우의 운명 속에서 이런 종류의 교육은 더 이상 없었다. 김우중 회장과 나의 동시 몰락인 셈이다.

내가 대우인력개발원에서 17년 동안 해온 일이다.

1. 1979 부천시 원미구에 최초의 대우 부천연수원 개원

2. 용인에 건립한 54만 평 규모의 종합연구연수 단지개발 프로젝트 입안, 총괄, 완성.

3. 대우그룹 인력개발, 인재양성 종합체계 개발

4. 대우그룹 해외유학 프로그램 개발, 운영

5. 해외선진기업 교육실태 파악 및 프로그램 연구, 도입

6. 1979 대우가족화운동, 1982년 제2창업운동, 1985 STORM' 85 혁신교육,

   1990 그룹 관리혁명 운동주관, 교육 실시

7. 1990 대우조선 정상화를 위한 거제 옥포연수원 설치, 운영

8. 그룹관계사 제조업 현장 생산성향상 지원활동

9. 해외 컨설턴트 교섭 및 협약 체결

10. 조직개발을 위한 진단 및 조사, 용역

11. 교육결과 평가 및 비용효과 분석

12. 해외 현장, 해외지사 순회 점검 및 교육

13. 그룹 임원 세미나, 기업문화 교육, Family Training, 위기관리교육, 의식개혁교육,

    분야별 직무교육, 현장 생산성 교육, 21C경영자과정, 영어, 일어 등 외국어 교육운영

14. 김우중 회장과의 대화시간 연설자료 작성

15. 미국 ASTD Conference 참가

16. 선진기업 경영관리 시스템 벤치마킹

14.
1982년 2월, 그룹기획조정실 제5부장으로

대기업의 꽃이라는 부장을 달았다.

기획조정실 최초의 교육부서장이었던 3년 동안 나는 그룹교육을 실무적으로 담당하면서 조직과 인력을 개발하고, 그룹 차원에서 요구되는 교육목표와 전략을 수립하고, 교육기능을 경영의 핵심기능으로 Positioning하면서 다양한 프로그램을 개발 집행하고 교육에 투입된 비용과 효과를 측정, 분석하는 등 최종 Evaluation Report를 작성하여 회장에게 보고하는 일이 나의 직무 내용이었다.

산업교육은 2차 세계대전 중 생산성 향상을 목적으로 미국 전시노동력위원회 훈련국이 개발한 TWI(Training Within Industry)가 효시라고 할 수 있다. 기업 내의 감독자, 관리자, 작업자를 대상으로 한 능력개발 프로그램이 최초로 시행되었고, 일본의 전후 경제부흥과 함께 발전하면서 제조업의 품질과 효율, Attitude, Workmanship, Management Skill 향상을 위한 각종 산업교육프로그램이 새롭게 등장하고 있었다.

80년대 우리나라는 개발도상국이었고 경제개발이 국가의 초미의 과제가 되고 있던 때이다. 일본능률협회를 벤치마킹해서 우리나라에도 한국능률협회가 창립되었고 생산성본부와 품질관리협회가 생겨난 것도 이즈음이었다.

일본 마쓰시다전기(松下)를 롤 모델로 하고 있던 삼성은 일찌감치 그룹 연수원을 용인에 가지고 있었고, 대우와 현대, 럭키, 롯데, 벽산 등 그룹들이 경쟁적으로 교육에 대한 하드웨어와 소프트웨어를 갖추어가고 있던 시절이었다.

나는 우리나라에 산업교육이 본격적으로 도입되기 시작한 초창기였던 시절에 교육 업무를 맡음으로써 '대우교육=김문웅'이라는 등식을 국내 산업사회에 만들어가고 있었다. 이런 직책과 업무환경을 갖게 된 것은 행운이었고 나의 잠재능력이 발휘되면서 높이 평가되어 그룹 최고의 인재가 모여 있는 대우기획조정실 제5부 부장으로 승격하게 되었다.

당시 대우는 부실기업을 인수하여 정상화시켜 그룹을 만들어 가는 전략을 과감히 추진하고 있었다. 사업상 큰 메리트가 없어 삼성, 현대가 거들떠보지 않는 기업들을 대우는 과감히 이를 받아들였다. 부실기업을 정상화한다는 건 새로운 회사의 창업보다 몇 배 힘든 일이었지만 김우중 회장은 사업보국이라는 차원에서 부실기업을 인수하여 경영을 정상화하는 데 노력을 기울였다.

김 회장은 한국기계를 비롯하여 새한자동차, 신아조선, 옥포조선, 대한전선 등 경영에 실패한 기업들을 자의반 타의반 인수하여 적극적인 해외영업을 통해서 이를 정상화시키고 있었다. 인수당한 기업은 대우를 점령군이라고 불렀다.

문화가 다르고 비자발적으로 인수당한 이질적인 기업들과 대우와의 동질화 문제는 경영의 최우선 과제가 되었고, 망한 회사 종업원들의 피폐된 사기와 새로운 도전을 어떻게 끌어낼 수 있을 것인가가 핵심과제였다.

각종 교육프로그램을 개발하여 대우그룹의 정체성과 공감대를 공유하고 일체감을 형성하여야 했고, 동시에 극기 훈련을 통하여 위기를 극복하기 위한 자기혁신과 의식개혁을 전 직원에게 요구하게 되었다.

전략의 1단계는 대우가족화운동의 전개였다. 대우그룹 최초로 그룹 임원 세미나가 설악동 뉴설악 호텔에서 개최된다. 1979년 11월 18일이었다.

김우중 회장은 소통을 중시했다. 상황과 목표를 공유하고자 했다. 끝없는 교육을 통하여 경영위기를 극복하고자 했던 김우중 회장의 전략의 시작이었다.

그룹의 비전과 전략, 김우중 회장의 경영철학, 경영사고와 경영방식, 기업가정신, 가치관, 일하는 자세 등을 토대로 한 대우의 기업문화를 정립하고 구체화하는 작업을 추진하면서 대우인의 행동양식을 개발하고 이것을 전 구성원에게 확산시키는 기업문화의 동질화 작업이 전개되었다.

여기에 필요한 논리개발과 현장집행이 나의 책임이었다. 나의 문학적 상상력과 문장력, 그리고 발군의 행정 경험은 이 업무에 적격이었고 유감없이 발휘됨으로써 대우에서 유일하게 17년간을 같은 업무에 종사하는 진 기록을 세우면서 김우중 회장과 동고동락하게 된다.

나는 "기업성공은 곧 인재양성이다"라는 인식 하에 우수한 인재개발을 통해서 대우의 백년대계를 나름대로 구상하고 있었다. 인력개발 책임자로서 대우에 기여하는 길은 종합적인 연구, 연수 단지를 건립하여 대우의 Learning Culture를 정립하고 상시 연구와 교육체제를 갖춘 요람을 만들어 대우의 역사를 정립하고 미래를 내다보면서 이를 후대에 물려주어야 한다는 생각을 갖고 마스터플랜을 세우고 집중적인 노력을 기울이게 된다.

용인 인력개발단지 프로젝트는 이렇게 시작되었다.

기획조정실 교육 팀은 인수기업으로 그룹을 만들어가던 당시의 경영환경과 맞물려 바로 그룹 업무의 중심이 되었다. 회장의 전략적 업무였고 나는 회장과 제일 자주 만나는 사람이 되었다.

대우에서 교육은 영일이 없는 힘든 과정의 연속이었다. 업무는 주중에, 교육은 주말에 하는 것이 김우중 스타일이었다. 이렇게 교육은 주말 근무 등 사생활이 어려운, 희생이 뒤따르는 업무였기에 대부분 기피하는 업무였다.

어려움 속에서도 나는 부하직원들에게 산업교육전문가로서 개인의 성장 가능성과 비전을 제시하면서 끝없이 독려했지만 교육 업무는 "비단옷 입고 밤길 걷기"라고 희생적으로 근무할 수밖에 없는 생활에 대한 원망도 많았는데 덩달아 업무에 대한 나의 지나친 완벽성과 독선에 적잖이 시달리기도 했을 것이다.

오전에는 교육현장에서, 오후에는 연수원 부지 답사를 위해 산과 들에서 동분서주하며 무한경쟁에 피곤한 줄도 잊고 살았다. 신념 하나로 산 세월이었다.

15.

1982. 6. 30. 용인프로젝트, 54만 평 단지 확정하다

지난 3년여 동안 수십 개의 복덕방으로부터 받은 정보를 주기적으로 취합하여 검토에 검토를 거듭하면서 서울 경기지역 내 후보지를 수없이 답사한 결과 용인군 외사면 고안리에 54만 평을 평당 2,700원에 구입, 대우종합연수연구단지 부지로 확정했다. 대우 백년대계를 위한 구상이었다.

1979년 기획조정실 교육연수부가 창설되고 부서 담당 책임자가 되면서 미국, 일본의 산업교육 현황을 알고 나서 나는 이 프로젝트를 생각하게 되었다.

김우중 회장이 오히려 나보고 왜 그렇게 크게 벌이냐고 얘기할 만큼 당시로서는 의욕적인 프로젝트였었다. 이우복 부회장, 최명걸 기조실장, 김동규 건설사장, 박근효 회장비서실장, 법제실장 등 임직원 10여 명을 안내하여 하루에 다섯 군데를 연속답사 한 끝에 오늘 최종 부지로 확정한 것이다.

이 프로젝트는 대우그룹 성장사에 하나의 상징적 의미가 있었고 결과적으로 성공한 전략이었으며, 부동산 투자에도 성공한 쾌거가 되었는데 대우에서 김 회장의 직접적인 하명이 없이 시작된 유일한 케이스였다.

부지가 확정되기까지 3년여 동안 겪은 우여곡절이 많았다. 지역별로 대우연수원을 유치하고자 과열이 일어나 곤혹을 겪기도 했고, 내부적으로도 급박하게 돌아가는 자금 사정 때문에 누구도 선뜻 나서지 못하는 형편이었다. 자금을 맡고 있는 이우복 부회장으로서는 새로운 부담이 늘어나는 판이니 처음부터 달가운 일이 아니었지만 김우중 회장은 이를 흔쾌히 받아들였다.

확정하던 날, 답사 팀이 돌아가고 허탈하게 혼자 산마루에 앉아 있는데 동네 이장이 쫓아 올라와서 정보랍시고 부지에 인접한 좋은 땅을 가진 사람이 아들 교통사고 때문에 평당 2,000원에 8,000평이 급매물이 나왔다고 사두라고 권유했다. 그렇지만 능력도 없었고 담당자로서의 양심 때문에 마음을 두지 않았다. 그러나 93년 고등기술원 기숙사부지로 매입하려고 했을 때 그 땅은 평당 수십만 원을 호가하여 매입을 포기한 일이 있다.

최종 계약 당시에도 삼성그룹의 중앙개발에서 뒤늦게 구매 교섭이 들어왔었다. 땅 소유자는 계약을 취소해주면 2,000만 원을 주겠다고 제의해왔다. 삼성에서 웃돈을 주고 사려고 했기 때문이다. 구두로만 계약한 상태였지만 땅 주인에게 언론에 공개하여 매장을 시키겠다고 엄포를 놓아 계약을 관철시켰다. 내가 만약 사심을 가졌었다면 대우는 나를 버렸을 것이다.

세계일류기업 연수시설 벤치마킹을 위해서 해외조사팀이 구성되고 약 2주간 해외 출장을 하게 된다. 김용원 기조실장, 서울건축 김종성 교수, 최정호 기조실 인사상무, 장영돈 이사와 간사는 김문웅 부장이었다.

일본 및 미국의 초일류기업의 연수원 시설을 견학하고 인력개발 전략과 시스템에 관하여 많은 것을 듣고 돌아보았다.

초일류기업들은 인재육성에 경쟁적으로 투자를 하고 있었고, 그 자체가 Corporate Identity 가 되고 있었다. 그리고 Training Adviser는 조직 내에서 항상 최고 의사결정자 바로 직속으로 편제되어 있었다. 사람의 경쟁력을 바로 회사의 경쟁력이라고 보았던 것이다.

마쓰시다전기 연수센터, 마스시다 정경숙, 후지산 주변의 일본 기업들의 연수원 및 직원 휴양시설과 일본의 이토쯔 종합상사, 미국의 뉴욕에 IBM, 그리고 XEROX를 방문하여 시설을 돌아보고 현황을 청취하였다.

종합연수원 프로젝트는 설계 담당은 서울건축의 김종성 교수, 건축시공 담당은 장영수 상무(후에 대우건설 회장이 됨), 토목 담당에는 장철환 상무가 부문별 책임을 맡았고 내가 기조실 쪽 실무를 총괄하는 팀장이었다.

우선 내가 개념설정을 했는데 대우그룹 100년을 이끌어 나갈 창조적 소수(Creative Minority)를 양성하기 위한 요람으로서 대우의 정신적 지주가 될 Memorial 개념으로 출발했다.

교육연수단지, 기술연구단지, 종합 체육시설단지, 실내 체육관 및 국제규격의 잔디축구장, 김우중 기념관, 대우역사관, 그리고 직원 가족들의 복지시설로 옥외수영장을 포함한 주말 휴양시설 등을 단지개발의 5대 기본 개념으로 설정하였다.

그룹 차원에서 요구되는 기업문화 정립이라는 전략적 의미와 대외적인 홍보차원에서 대우그룹의 비약적 성장을 상징했던 이 프로젝트는 창업 20주년 기념사업이라는 시사성과 함께 절묘한 조화를 이루어낸 나의 독창적인 아이디어였던 것이다.

이 프로젝트에 관한 한 내 의도가 곧 회장의 뜻이 되었고 나의 생각과 결정이 그대로 반영되었다. 그 당시 상황으로서는 심히 파격적인 발상이었다. 100억 이상이 투자되는 대형 프로젝트였기 때문이다. 해외 사업 투자에 늘 자금의 여력이 없었던 대우가, 김우중 회장이 이 프로젝트를 어떻게 받아들일 수 있었는지 지금도 잘 모르겠다. 어려운 결정이었을 것임은 분명하다. 전략적인 의미가 있었다고는 하나 일개 부장이 낸 엄청난 아이디어를 김우중 회장은 수용했던 것이다.

16.
STORM' 85 경영혁신으로 위기를 돌파하다

1985년은 대우가 맞은 두 번째 경영위기였다. 사회 일각에서 대우의 급성장을 불안하게 보는 생각이 생기기 시작했다. 대우의 지칠 줄 모르는 성장전략은 경이로운 매출증가를 만들어냈지만 늘 유동자금의 위기를 수반하였고, 김우중 회장은 자신의 국제적인 개인 신용과 타고난 자금관리 능력으로 이를 커버하고 있었지만 위기감은 늘 상존하고 있었다.

이 해는 전두환 정권 신군부 세력에 의해 국제그룹이 공중분해되는 산업사상 초유의 일이 일어나던 때였는데 국제 다음에 대우라는 루머가 시중에 나돌기도 했다.

나는 내부적으로는 그룹의 혁신을 통한 위기극복 전략으로, 대외적으로는 대우의 자구 노력을 데모하고 한편으로는 정부나 금융권에 대우의 건재를 알리기 위한 목적으로 그룹의 전 직원, 해외 사업장 등을 대상으로 일대경영혁신 운동을 전개하게 된다.

Second Take Off for Reform Movement 즉 STORM'85이었다. 그룹 차원의 대대적인 교육이 전개되었다. 김우중 회장은 '회장과의 대화'를 통해서 자신의 사업추진 현황과 계획을 설명하고 분발을 촉구함으로써 위기의 공감대를 결집시키고자 했다.

이때 김회장은 요즘 말하는 열린 경영을 이미 실천하고 있었다. 기업은 결국 사람의 문제이며 종업원들에게 조직의 일체감과 컨센서스를 어떻게 형성하느냐 하는 것이 기업성패의 요체라고 본 것이다. 조직 구성원들의 직무 만족과 성취 동기는 이러한 공동의 가치와 비전을 정립함으로써 생성되기 때문이다. 이를 위하여 김 회장은 직접대화를 선택하고 있었다.

김우중 회장은 교육을 최고경영자의 커뮤니케이션의 장으로 생각하고 특히 회장과의 대화 시간을 전략적으로 활용하였다. 모든 교육, 세미나에서 하이라이트는 회장과의 대화였고, 회장은 이를 통하여 종업원들의 생각과 각종 경영정보를 수집하고 자기의 사업계획이나 비전을 제시하여 구성원들과 직접 소통하였다.

회장은 늘 실무의 한가운데 있었고 이렇게 직원들과 토론이 가능한 분위기를 만듦으로서 동류의식(同類意識)을 이루어냈던 것이다.

잦은 해외 출장 등 아무리 바빠도 이 시간만큼은 반드시 참석하고자 애를 쓰셨다. 바쁜 시간을 맞추다 보면 대화 시간이 자정이 넘은 시간이거나 새벽시간이 되는 경우도 많았고 원래 예정된 2시간을 넘어 3시간을 넘기는 경우도 허다했다.

회장과의 대화 자료는 나의 단골메뉴였다. 회장은 항상 대화 자료에 언급한대로 코멘트하거나 제시한 방향대로 대화를 진행하였다. 십수 년 동안 수없는 대화를 거듭하면서 그때그때의 정황분석과 방향을 제시했던 대화 자료는 내 뛰어난 상상력으로 김 회장과 동감을 이루어냈던 것이다.

1992년 대선 때의 일이다.

그 당시는 현대의 정주영 회장이 국민당을 조직하여 대통령에 출마하였는데 김우중 회장은 기업인이 대통령이 되는 문제에 대해서 부정적인 생각을 했다. 그런 이유로 가을에 경주 힐튼호텔에서 대우그룹 전 임원 및 부인 세미나를 소집했다.

회장은 대화를 시작하면서 "이건 김문웅 이사가 얘길 하라고 해서 말하는 건데……" 하며 얘기를 끌어 나가기도 했다.

과장급 이상 교육이 끝날 무렵 김 회장은 식사를 하자고 하시면서 교육팀 전원을 데리고 오라고 하셨다. 교육 담당자들을 격려해주시고자 했던 것 같다. 그러나 약속된 날짜는 몇 번이나 바뀌었다. 시간을 내시기가 그렇게 어려웠던 것이다. 결국은 힐튼호텔에서 조찬을 하는 것으로 결정되었다. 이 조찬에서 나는 대우창업 20주년 기념사업으로 인력개발원 건설 계획을 설명하고 건물 착공 재가를 받았다. 1985년 8월의 일이다.

STORM교육은 국내 교육을 마치고 해외지사 및 현장 순회교육을 위해 조동필 교수와 함께 유럽, 미국, 아프리카 리비아 등에 있는 대우의 해외 건설현장과 지사들을 돌았다. 리비아를 갔을 때는 한국인 근로자가 해변가를 카메라로 사진 촬영한 것이 문제가 되어 군사시설을 탐지했다는 이유로 모든 한국인이 출국 금지를 당하여 한 달 동안 억류되었던 적도 있었다. 한국 기업들은 이렇게 살벌한 분위기에서 사업을 했다.

17.
1987년 3월 26일 대우인력개발원 준공되다

대우창업 20주년에 맞춰 모습을 드러낸 대우중앙연수원!(후에 인력개발원으로 명칭변경)

오랜 산고 끝에 산업사회에 그 모습을 드러내는 순간이었다. 이것은 훌륭한 연수시설이라는 하드웨어에 그치지 않고 대우그룹의 Identity로서 대우그룹 성장의 징표가 되었으며 대우인 모두의 긍지가 되었다.

그룹 운영위원 및 각사 사장, 임원들, 부인 정희자 회장과 함께 도하 언론이 지켜보는 가운데 준공식을 가졌다.

1979년에 기조실 교육팀장으로 보임되면서 계획을 세우고, 기조실장의 반대를 세 번이나 설득하여 기획을 재입안하고, 경기도 일대의 부지를 수없이 답사하여 고생한 끝에 1982년, 3년 만에 부지를 확정하고, 해외시설 견학 및 조사, 설계검토, 1983년에 토목공사를 하고, 1985년 9월에 전격적으로 김 회장의 재가를 얻어 건축공사에 착수하였고, 나의 철저한 현장감독과 감리 끝에 87년 3월 준공에 이른다.

설계대로 시공한 로비의 벽체를 허물기까지 하면서 공사를 수정할 만큼 나의 열정은 대단했고, 설계도를 검토할 수 있는 수준으로 공사에 대한 전문성을 습득하는 계기가 되었다.

"평당 100만 원 이내로, 군대 바라크처럼 우선 짓자."

"나중에 제대로 지으면 될 거 아니야?"

"……."

1985년 당시 어려웠던 자금 때문에 고민했던 회장의 엄명을 어기면서 평당 180만 원을 들여 당시로서는 호화롭게 보일 정도의 건물을 짓는 위험한 배짱을 부리기도 했지만 이것은 김문웅의 작품으로서 평가되었으며 산업교육계의 성공 사례로서 회자되면서 대외적인 이미지를 선양하게 되었다. 김 회장의 공개적인 칭찬이 계속되면서 기고만장하던 때이기도 했다.

김우중 회장은 1987년도 모든 행사를 이곳에서 주관하면서 연중 체류하였으며 그 후에도 오랫동안 경영 구상과 휴식처로 활용하였다. 국내 체류 중에는 시간만 나면 연수원으로 납시는 바람에 직원들이 많은 고역을 치렀음은 물론이다. 회장의 일은 항상 자정을 넘어서야 끝나기 때문에 그 시간까지는 모두가 비상이었기 때문이다.

나는 용인 프로젝트를 시작한 이래 업무로 용인을 왔다 갔다 한 게 16년 동안에 물경 1,000번이 넘을 지경이었다.

1987년 4월, 용인에서 준공기념 그룹 임원 및 임원 부인 세미나를 개최하였다. 이때를 위해서 나는 이미 일 년 전에 이미 20주년 세미나의 주제를 생각해놓고 있었다. 조직의 급성장에 따른 내부의 갈등과 문제점을 우리 임원 모두가 알고 극복하지 않으면 안 된다는 생각에서 두 가지 연구 과제를 전문 교수에게 용역작업을 의뢰했었다.

하나는 연세대 오세철 교수가 주도한 대우그룹의 대대적인 조직 진단작업이었고, 다른 하나는 서울대 윤석철 교수가 작업한 대우정신과 이념의 개발방안이었다.

　산업사의 경험으로 보면 대우의 20년은 이미 급성장에 따른 여러 가지 조직상의 문제점이 점차 노정되고 있었다고 봐야 한다. 지금 내가 정리해보면 대우의 문제점은 복명 위주의 업무수행과 책임회피, 비능률, 지나친 일류 지향주의, 경쟁우위 선점을 위한 편법적인 업무추진 방법의 만연, 보편적 가치나 기준 경시, 조직의 Discipline 실종과 모럴헤저드, 조직 구성원의 공감대 붕괴 등이었다. 이것은 그 많은 장점에도 불구하고 훗날 10여 년 후에 누적적인 결과로 대우가 몰락하는 원인으로 작용했을 터이다.

　오세철 교수의 연구결과 발표는 개선의 공감대를 확보한다는 차원에서 시도된 문제의 지적이었지만 이것은 곧 김 회장의 문제로 귀착되는 것들이었다.

　개발경제시대! 이때 우리나라의 기업은 제대로 시스템도, 체제를 갖추지도 못했고 오너의 진두지휘로 유지될 수밖에 없던 시절이었다. 당연히 경영 책임을 가지고 있는 회장에게 전가될 수밖에 없는 상황이었다.

　경청하던 김 회장의 표정이 순간적으로 일그러지는 것 같았다. 김 회장은 문제를 경청했지만 오너 입장에서는 부정할 수밖에 없었다.

　나는 이런 문제는 임원들이 공유해야 한다고 생각했다. 나는 적어도 임원들은 조직의 문제를 알아야 하고, 그래야 실질적인 개선이 가능하다고 생각했다. 인정할 건 인정하고 공개적으로 개선하자는 쪽이었는데 회장의 생각은 조금 달랐다. 김 회장은 대우센터 회장실에서 2차 브리핑을 갖자고 지시하였다.

　세미나장을 나오면서 김 회장은 격앙된 목소리로 교육을 담당하는 친구들이 문제라고 지적하였다. 문제가 있으면 조용히 해결해나가면 되는 것이지 이렇게 공개적으로 다룰 문제는 아니라고 했다.

　지금 생각해보면 매사 늘 최선을 다하면서 밤낮없이 뛰는 회장으로서는 매우 서운한 일이었을 것이며 인정하기도 어려웠을 것이다. 그리고 기업을 키워야 하는 초기 상황에서는 그런 경영이론이라는 것이 사치라는 생각도 할 수 있었을 것이다.

머리를 굴리자면 회장에게 사전에 보고를 할 수도 있었다. 그러나 만일 보고했다면 그 자료는 어쩌면 사장되고 말았을 것이다. 매사 의욕이 앞서던 때였지만, 의도는 좋았다 하더라도 다소 경솔한 일이었는지 모르겠다. 그러나 기업의 성장통이기도 했던 이 사건은 어쨌든 대우성장사에서 중요한 경고가 되었던 건 사실이고 그 후 계속 고민해야 했던 경영과제가 되었다.

다 젊었을 때 할 수 있는 일이다. 이게 얼마나 방자한 일인지 그때는 몰랐다. 김문웅이 아니었다면 틀림없이 목이 달아났을 것이다.

18.
이런 해프닝도 있었다

김우중 회장은 1987년 11월 당시 대우조선 부사장으로 재직 중이던 K부사장을 그룹 기조실장으로 전격 발탁하였다. K부사장은 명석하고, 논리적이고, 성실하면서도 전략적인 요령도 갖춘 인물이다. 서울상대를 졸업하고 한국은행 조사부에 근무 중 대우가 스카우트한 사람으로 김 회장이 아끼는 인재다.

김 회장은 그룹 혁신의 필요성을 느끼고 상대적으로 젊은 그를 기획조정실장으로 임명했다. 김우중 회장은 이례적으로 기조실 임원들을 인사동 한정식 집에 초청하여 K부사장의 기조실장 부임 환영연을 베풀었다.

회장이 막 도착하여 자리에 앉으려는 순간에 한발 늦게 나는 방문을 들어섰다. 나를 발견한 회장은 반가운 표정으로 나를 불러서 자기 앞에 앉으라고 권했고 같이 한 조가 되어 고스톱을 치게 되었다.

고스톱을 치다가 느닷없이 좌중에다 대고 큰 소리로 "김문웅이는 일도 열심히 잘하고 그룹에서 제일 고생할 거야." 하고 칭찬하는 것이 아닌가!

이건 다분히 의도적인 얘기였다. 나를 위로하기 위한 뜻도 있었겠지만 나에게 힘을 실어 주어 일을 더 잘할 수 있도록 하려는 배려였을 것이다.

회장은 고스톱을 치면서 약이 되는 패를 나에게 일부러 던져주기도 했는데 거기다가 "직급이 낮으니 끗발이 오르지 않는데요."라고 당차게 응수하기도 했다.

이어서 회식이 시작되었다. 김 회장은 그날따라 임원들에게 양주를 돌아가면서 한 잔씩 따라주었는데 내 차례가 되자 술을 따르시면서 다시 똑같은 말로 좌중에서 재차 칭찬을 했다.

경쟁사회에서 황제인 회장이 특정인을 그렇게 두 번씩이나 칭찬하는 것은 극히 드문 일이었으며, 제3자로 듣는 입장에선 썩 그리 유쾌한 일도 아닐 것이었다. 그런데 사달이 일어났다.

오늘의 주빈인 K부사장이 충청도식으로 칭찬 반 농담 반으로 한마디 한 것을 응수한 것이 그의 자존심을 건드려 버린 것이었다.

"김문웅이가 뭘 그렇게 한 게 있다고 회장님은 그렇게 야단이셔?"

"실장님은 한 6개월은 되셔야 알 겁니다"

"아냐 3개월이면 될 거야!"

허걱!

다 젊었을 때 이야기지만 그 후 업무에 복귀한 후 신임실장의 보복이 의도적으로 가해졌다. 일차적으로 내 업무에 대한 철저한 부정이 계속되었다. 그건 나에게는 참을 수 없는 모욕이 되었다. 응전이 시작되었다.

"당신은 산업교육에 대하여 나보다는 아는 게 없지 않겠는가?"

무조건 부정할 게 아니라 내용을 들어보고 훈수를 해보라고 받아쳤다.

기조실 임원 및 부서장 회의가 소집되었다. 임원 및 부서장 30여 명이 대회의실에 모였다. 숨이 막히는 팽팽한 긴장감 속에서 나는 2시간 넘게 브리핑을 하였다. 브리핑하는 내내 기침 소리 하나 들리지 않았다.

산업교육의 개념에서부터 세계 산업사에서 형성된 산업교육의 발전과정,

미국, 유럽, 일본의 산업교육 현황, 삼성, 현대 등 국내 경쟁사의 교육 현황, 대우그룹 교육의 연혁, 목표 및 전략, 현안문제, 대우교육의 향후 발전과제 등에 관한 내용이었다.

신임 기조실장과 김 이사와의 전쟁이었다. 업무의 전문성과 당위성을 인정하지 않을 수 없는 분위기였다.

"내가 기조실장으로 부임해서 교육에 일대 쿠데타를 기도했는데 나는 오늘 역 쿠데타를 당했다. 회의 끝"

항복 선언이었다.

그 후 자신의 패배를 정당화하기 위하여 김 실장은 "김문웅이처럼 일하라. 실장이 모르면 가르쳐라"고 공개적으로 각종 회의 때마다 강조하곤 했다. 속이 쓰렸을 것이다. 이건 사내들의 자존심의 싸움이었으니 말이다.

이 사건은 아주대에 파견 근무하는 동안 각종 지원이 끊기는 결과만을 남겼다. 그 후 아주대학에서 대우로 다시 복귀하는 과정에서도 회장이 수차례 언성을 높일 때까지 인사발령을 미루기도 했다. 좀 심했다.

관리혁명 때문에 거제도에 와 있던 1992년 즈음에 K부사장은 대우조선 사장으로 부임했다. 완전군장처럼 작업복에 헬멧을 쓰고 워커를 신고 로프와 장구들을 달고 쩔그럭 소리를 내며 야드 순찰을 자주하곤 했는데 그때마다 내가 있는 옥포연수원에 들렀다.

회장의 거듭된 칭찬으로 어색해진 분위기를 나름 추스르고자 했을지도 모르는데 나도 분명 모자란 구석이 있었다. 그 후 차를 함께 마시면서, 급작스레 사고를 당한 부인의 장례식에서 조문을 하며, 그럭저럭 화해하였지만 나를 볼 때마다 계면스럽게 웃으며 "독한 사람, 독한 사람" 하며 반 농담을 하곤 했다.

윗사람에게도 지지 않는 성격!

이것은 현명하지도, 좋은 성격도 아니다. 지금 생각해 보면 이것은 나의 어리석음에 다름 아니다. 패기가 만용이 돼버렸나? 그러나 이것은 약자로서 조직에서 살아남기 위한 나의 방어기전이었을 뿐이다.

민감하게 받아들일 일은 아니다. 이것은 흔히 얘기하는 하극상이 아니다. 대우가 보장하는 치열한 토론문화의 한 장면에 지나지 않는 것이다. 그래서 여기에 붙였다.

19.
1989년 아주대학교를 혁신해라!

당시는 온 나라가 불법 노동조합의 시위와 파업에 몸살을 앓던 때였다. 아주대학도 사무직원 노조가 결성되어 전국대학 사무노조 부의장이 되어 있었고 학사행정을 마비시키고 있었다.

마침 김 회장은 대우 옥포조선의 노조문제에 몸살을 앓고 있었는데 1988년 말에 박태웅 상무가 맡고 있던 대우조선 인사 담당 상무 자리에 갈 것을 지시했지만 딸이 고3이라는 말도 되지 않는 핑계로 고사했다.

나의 불만은 따로 있었다. 1988년도 2월 임원 인사 때 이사부장 2년차에 용인프로젝트에 대한 보상 차원에서 정이사 특진이 내신되어 이우복 부회장까지 결재가 났던 일이 있었다.

그 당시 회장은 가뜩이나 회사가 어려운데 승진 내신이 너무 많다고 몽땅 반려하는 바람에 4년차 이하는 모두 빠져버린 일이 있다. 누가 한마디만 거들었다면 문제가 없었겠지만 조직의 생리가 남을 위해 총대를 매줄 리가 없었던 것이다. 용인 프로젝트의 공적과 그 특진 기회가 날아가 버렸다.

회장이 알 리가 없다. 벽창호같이 회장의 잘못도 아닌데 챙겨주지 않았다는 서운한 감정이 남아 있었던 것이다. 딴엔 회장이 부장승진 때부터 계속 챙겨주었기 때문에 그런 기대를 은연중에 한 것인지도 모르겠지만 그건 과

욕일 것이다.

그러면 김 이사를 아주대학교로 보내자고 긴급 제안했다. 이우복 부회장의 아이디어였다. 당시 아주대학교에서도 노조문제 등 어려운 상황이 벌어져 있었다. 형식상이지만 대우를 퇴직하고 아주대 총무처장으로 부임했다. 대우 12년 근무에 받은 퇴직금은 고작 2,600만 원이었다.

3월 31일자로 아주대로 전출이 되었는데 4월 1일자로 대우는 급여가 50%나 일률 인상되었다. 하루 사이로 나는 해택에서 제외되었다. 성질대로 일하다가 불이익은 다 받고 조직생활을 한 셈이다.

노태우 정권이 출범하면서 민주화의 요구와 함께 산업사회가 노사분규로 몸살을 앓으면서 한국 노동자들의 임금이 경쟁적으로 오르던 시기였다. 고스란히 손해를 본 셈이었다. 경우에 따라서는 나중에 대우 복귀도 불투명한 상황이었다. 이제 기업과 전혀 다른 문화를 갖고 있는 조직인 대학교에서 새둥지를 틀어야 할 판이었다.

와신상담, 이를 갈고 업무 결과로 말하기로 작정하고 대학의 현안문제 해결에만 몰두하며 살았다.

부임하기 위해 등교한 첫날, 정문에 걸린 플래카드가 눈에 들어왔다. '신임 총무처장 취임반대' 노조의 생리를 알기에 웃음이 났다.

1989년 3월부터 연말까지 신문 한 장 볼 시간도 없었다. 노조 현안문제 중 첫 번째 작업은 전 직원 인사고과 재평가 작업이었다. 대학의 사무직원들에 대한 과거의 인사고과 내용을 노조가 불공정인사로 규정하고 아주대학 인수 당시인 17년 전부터 소급, 재 사정을 요구하여 이를 바로 잡는 일이었다. 전임자들이 저질러놓은 잘못 때문이었다.

공명정대하게 일을 하고자 할 때 일은 오히려 쉬운 법이다. 드는 솜씨에 공평한 기준을 개발하여 학교와 노조 양쪽의 합의를 도출하는 데 성공했다. 재 사정 결과 직급이 강등이 되거나 뒤집어져 상하가 뒤바뀌는 웃지 못할 일이 일어났으나 조합원 모두가 승복하였다.

노조간부들과의 관계는 위협적인 태도를 보이기도 했고, 극도의 경계심으로 타협이 쉽지 않았다. 나는 새로운 노사원칙을 천명했다. 노조관계는 합리적인 것은 최대한 지원하지만 불합리한 요구는 목에 칼이 들어와도 절대 용인하지 않는다는 원칙을 노조에 선언했다. 총무처장은 노조의 친구도, 적도 아니며 학교를 위해서 합리적인 것만을 용인한다는 것을 공개적으로 밝힌 것이다. 그런 원칙 하에서 이후 그들의 애로사항들을 파악하고 정책적으로 해결해 줌으로써 노사문제는 가까스로 평정되었다.

두 번째는 학교 행정의 효율을 높이는 일이었다.

판에 박힌 학교 행정에서 만연된 사무직원의 무사안일은 교수 집단의 지탄의 대상이었고, 직원과 교수는 소위 흑백 갈등을 하고 있었다. '교수는 백인이요 사무직원은 흑인'이라는 말을 공공연하게 얘기하는 게 일반적인 대학의 분위기였다.

행정 기능의 정상화를 통해서 갈등을 해소하고 직원들의 자존심을 회복하는 것이 급선무였다. 반대를 무릅쓰고 아주대학 사상 최초로 직원 연수를 대전 유성호텔에서 시행하였다. 일종의 의식개혁 프로그램이었다.

노조를 비롯하여 연수를 불참하겠다고 위협하기도 했지만 나는 강행을 하였다. 전원 출석을 하였고 소기의 목적을 달성하였다.

사분오열 되어 있던 목소리는 잦아들고 일단 대학의 분위기를 바꾸는 데 성공하였다. 그리고 학교 행정지원 시스템을 바꿨다. 교수든 누구도 편법은 용인되지 않도록 했다. 신속하고 공평하게 실무 창구를 통해서만 지원되도록 일원화했다.

교수들의 개인적인 부탁을 거부하고 제도로 흡수함으로써 그동안 방자했던 교수들의 대 총무처장 관계를 확실하게 정리하였다.

여름 장마에 대우건설이 시공한 건물들에서 누수가 발생했다. 장영수 건설사장에게 부탁하여 학교 건물에 대한 수억 원 상당의 무상 하자보수가 대대적으로 이루어지고, 총장의 부탁으로 서클룸 공사 예산도 대우건설과 협의하여 감액 조정했다. 대우에서 쌓은 나의 위세로 이 정도의 문제해결 능력이 있었다.

학교는 꿋발에 약한 정서를 갖고 있었는데 무소 불통으로 해결하는 신임 총무처장에 많은 사람들이 놀라며 전폭적이면서도 무언의 지지를 보내고 있었다. 학교 행사는 철저히 계획되고 시종 짜임새 있게 집행되었다. 그리하여 대학 사상 교수와 직원들에게 동시에 칭찬받은 유일한 총무처장이 된 것이다. 화를 일로써 승부를 낸 것이다.

그 후 대우로 복귀하자 이우복 부회장이 점심을 사면서 한마디 했다. 어떻게 일을 했길래 아주대학에서 그리 칭찬을 하느냐고.

대학을 떠날 때 김효규 총장이 마지막 한 말은 나의 어쩔 수 없는 업무 스타일이었다.

"김 회장을 모시는 사람들은 그렇게 당찬 사람들이겠지요?"

교무회의에서 부당하게 교수 편을 드는 고령의 총장에게 점잖게 그러나 감히 따져 물은 적도 있었으니 그럴 만도 했다.

총장이 자리에서 벌떡 일어나 사과의 뜻을 표했으니 노인네가 놀라셨던 모양이다. 그러나 학교가 정돈되어가는 걸 보시면서 내내 흡족해 하셨다.

대우의 관리혁명 선포로 아주대학은 1년을 채우자마자 거제도로 다시 불려갔다. 현안문제도 어느 정도 정리되었고, 기왕 내친 김에 여기서 학위나 했으면 했는데 그런 팔자는 나에게 없었다.

대학에서의 근무 경험은 좋은 추억이 되었다. 그 덕에 우리 부부는 기관장 자격으로 전직예우를 받아 아주대학병원의 의료혜택을 받고 있다.

20.
1989년 12월 18일 대우 관리혁명을 선포하다

그룹의 전 임원을 모아놓고 관리혁명이 선포될 예정이었던 그날!

나는 회장으로부터 만나자는 연락을 받았다. 대우에게 밀어닥친 특단의 위기에서 관리혁명을 선포하기 직전의 시각에 중앙연수원에서 김우중 회장과 나는 50분간을 단독 면담하였다. 거제도에서 앞으로 전개해 나갈 자신의 전략 계획을 설명하면서 그룹의 관리혁명 운동을 주관하라는 것이었다.

나는 작년에 거제도 행을 거절하는 바람에 회장에 대한 항명이 되어 이사부장 3년차에 승진도 못하고 아주대학으로 파견되어 갔었고, 와신상담 끝에 현안문제들을 깨끗이 해결하였지만 그때까지도 회장이 챙겨주지 않은 데 대하여 여전히 서운한 감정을 품고 있었다. 하기야 총수의 간곡한 지시를 거절하고도 진급을 생각하다니 나도 참 억지였다.

김 회장은 그룹의 현 상황에서 관리혁명의 필요성을 설명하고 자신도 거제도에 상주할 것이라는 것과, 대우조선과 그룹을 합쳐 관리혁명 교육을 총괄하고 종합 직업훈련빌딩 신축과 거제전문대학 설립 등을 모두 맡아줄 것을 간청하였다.

긴 설명을 듣고 그 자리에서 나는 한 방을 터뜨렸다.

"그런 엄청난 일을 이사부장 주제에 어떻게 할 수 있습니까?"

"뭐? 웃기지마?"라고 소리쳤다.

그러나 김 회장의 입가엔 알 듯 모를 듯한 미소가 숨어 있었다.

역설적이지만 김 회장은 터프한 사람을 좋아하는 편이다. 한때는 운동권 출신들을 공채로 뽑은 적도 있다. 터프한 사람은 터프한 사람을 좋아하는지도 모르겠다. 그러나 세월이 지난 뒤 그 당시 회장의 복잡했던 심정을 생각하니 정말 불경하고 안쓰럽기만 했다.

나와 면담을 마치고 바로 임원 세미나장에 들어가 그룹의 관리혁명을 선포하고 통분의 연설을 해야 했던 회장의 심경을 나는 헤아리지 못했다.

그해는 이러한 관리혁명의 위기 상황에서 그룹 전체의 정례적인 승진인사 동결을 대내외에 선포했지만 예외적으로 나는 유일하게 정이사 승진으로 도하 신문을 장식하였다.

예년에 300명을 넘었던 각급 임원 승진인사는 그룹 전체가 단 10명에 불과했다. 예외 중에 예외인 인사만 단행했을 것이다. 10명 중 정이사 승진은 김문웅 단 1명이었다. 어려운 결정이었음을 후에 알았다.

1990년 1월, 나는 거제도에 입성한다.

거제도에 도착하던 날, 복도에서 회장님을 마주쳤다.

"미안해, 김 이사!"

그때 일을 마음에 담아두셨던 모양이다. 솔직히 죄송했다. 내 어리석음을 자책하지 않을 수 없었다.

그룹 대리급 이상 관리혁명 교육을 위해 옥포연수원을 창설하고 원장을 맡았다. 그리고 최정호 사장을 김 회장에게 천거, 인력개발원장으로 영입했다. 최정호 사장을 추천하자 그 자리에서 전화를 걸어 대우캐리어 사장으로 있던 그를 불러 내렸다. 이렇게 해서 최정호 사장과의 인연이 시작되었다.

일본식 경영의 도입과 컨설팅, 거제전문대학 설립, 대우종합직업훈련소 건립 등 산적한 일들이 기다리고 있었다. 김 회장과 함께 1990년 한 해를 꼬박 거제도에 상주하면서 새벽부터 밤늦게까지 나는 영일이 없었다.

김 회장과 단독 대화를 가지는 기회가 많았다. 1990년 5월 5일 잔디밭에서 담소하면서 웃기는 해프닝을 벌린 것도 이때였다.

"대우조선 기능공을 중앙연수원에서 교육을 시키면 역효과 나겠지?"

"무슨 말씀이세요? 기능공들이 대우연수원에서 교육을 받게 되면 우리에게도 이렇게 훌륭한 연수원이 있다는 사실에 자부심을 가질 것이고, 교육을 받고 나면 좋은 연수원에서 교육을 받았다는 사실에 긍지를 느끼지 않겠습니까?

"……."

나는 삼성, 현대는 어떻고, 시중에 있는 연수시설들은 어떻고, 용인에 지은 인력개발원이 결코 호화시설이 아니라고 강변했다.

"……."

"히다치연구소가 훌륭한 빌딩을 가져야 하는 이유는 빌딩의 외양이 곧 히다치의 Corporate Identity가 되기 때문입니다."

"……."

"회장님 못사실 때 생각은 그만 하시지요."

(평소 지나친 검소함에 대한 불만이었다.)

"……."

1990년 말에 회장은 서울로 복귀하시고 나는 92년까지 매주 2박 3일을 거제도에 출장으로 업무를 계속했다. 서울에서 거제까지 비행기와 헬기로 때로는 배를 타고 3년 동안이나 오르락내리락하는 것도 정말 고역이었다.

1990년 여름에는 엄청나게 비가 많이 왔다. 서울에 올라가기 위해서 김해공항으로 가던 중 충무에서 말로만 듣던 산사태를 만났다. 차를 타고 가는데 길 아래에 있는 집의 장독들이 둥둥 떠다니고, 앞에 있던 산이 무너져 큰 나무들과 함께 통째로 밀려 내려와 길을 가로 막아버리는 아찔한 순간도 겪었다. 어느 주말에는 상경하기 위해 최정호 사장과 김해공항을 가다가 마산 근처 진영터널 안에서 사중 충돌의 한가운데에 끼는 교통사고를 당하기도 했다. 급브레이크로 앞 차를 들이받고 멈추자 반사적으로 뒤를 돌아보니 쏜살같이 프린스가 달려와 후미를 강타하는 게 아닌가?

비 오는 날 터널 속의 노면은 쌓인 먼지가 물기에 완전히 젖을 때까지는 흡사 미끄럼틀과 같다. 순간 옛날의 악몽이 되살아나기도 했지만 다행히 무릎만 약간 깨지는 상처를 입었다.

김해에서 뜨는 헬기는 거제도까지 바다 위를 20분 정도 날기 때문에 바다 안개나 바람 때문에 기분 나쁘게 흔들리곤 했는데 김 회장은 늘 신형 쌍발 시콜스키 헬기를 마다하고 한사코 낡은 단발 엔진 헬기를 고집하였다. 동승하고 가다가 참다못해 내가 한마디 했더니 "사람의 목숨은 하늘에 달렸다"며 대수롭지 않게 여기셨다. 경영이든 생활이든 간에 위기를 즐기는 분이다.

1992년 10월, 힐튼호텔에서 관리혁명 완수 기념 만찬이 열렸다. 특별히 인력개발원 임직원 전원이 부부 동반으로 초청되었다. 좌상에는 왕년에 경제부총리를 지내신 김준성 회장과 김우중 회장이, 최정호 원장, 김문웅 이사, 인력개발원 전 직원이 부부 동반으로 초청되었다.

시간을 내기가 그렇게 어려운 회장이 특정 부서 근무자들에게 회식을 직접 베푸는 일은 대단히 이례적이었지만 나의 경우에는 두 번째가 되었다.

관리혁명의 성과를 치하하면서 김 회장은 동석한 아내에게 감사의 뜻을 전하면서 "김 이사는 무슨 일이든지 할 수 있는 사람"이라고 덕담을 하셨다.

마침 세계 조선경기가 회복되면서 대우조선은 침몰의 위기에서 회생되었으며, 대우그룹도 관리혁명 3년 동안 조직 내부의 비능률을 척결하면서 막대한 비용절감의 성과를 이루었고, 제조업의 생산성은 획기적으로 향상되었으며, 3년 연속 그룹 매출이 신장되고 영업 이익도 증가함으로서 대우를 세 번째 위기에서 구해낸 것이다.

Western Oriented를 지향하였던 대우가 최초로 일본 제조업의 경쟁력을 집중적으로 연구하고 제조 현장의 생산성 향상 기법인 IE와 VE를 대우에 도입한 것은 전적으로 관리혁명의 성과였다. 이를 위해서 수없이 일본을 방문하고 일본 기업과 현장을 체험하고 연구하였던 경험은 훗날 나에게 엄청난 자산이 되었을 터이다.

21.
1992년 한국능률협회 공로상 수상

1992년 3년간 지속된 대우그룹 관리혁명 운동이 마감되었다. 대우관리혁명은 우리나라 산업사에서 성공한 경영혁신운동으로 기업계에 큰 파장을 던져주었다.

대우그룹은 관리혁명이라는 대대적인 경영혁신 운동을 통해서 획기적인 제조업 생산성 향상, 원가절감, 기술개발, 마케팅 신장, 매출액 증가 등을 실현하여 어려운 내적, 외적 환경을 극복하고 경영 위기에서 벗어나는 성과를 올렸던 것이다. 이 기간 중에는 그룹 최초로 일본 제조업의 강점을 배우는 데 주력하여 현지출장을 통한 대대적인 벤치마킹과 컨설팅이 이루어졌다.

당시 JIT(Just In Time)시스템으로 세계 제1위의 생산성을 올리고 있던 도요다자동차의 현장을 어렵게 개방하고 우리 자동차 엔지니어들이 조립라인의 경쟁력을 비교하면서 생산방식의 비밀을 알아낸 것은 큰 성과였으며, 콧대 높은 일본 컨설턴트를 대우조선 현장에 투입하여 새로운 작업방식과 현장관리 방법을 적용함으로써 단기간에 300% 이상의 생산성 향상을 올릴 수 있었던 것은 대표적인 혁신 사례가 되었다. 이러한 관리혁명의 성과는 이어서 1993년 대우가 추진했던 세계경영의 기반이 되었음은 물론이다.

이 와중에는 산적한 현안과 해외 출장을 모두 접고 거제도에서 상주하면서 진두지휘한 김우중 회장의 희생적 노력의 결과였으며, 그 휘하에서 나 역시 3년간 상주하면서 모든 실무를 주관했었다.

　이러한 일련의 경영개선 활동을 인정받아 한국능률협회가 개최한 1992 년 경영혁신추진 성과발표대회에서 특별공로상을 수상하게 되었다. 낯선 거제도에서 보낸 3년 세월이 힘은 많이 들었지만 조직생활 속에서 확실한 성장의 밑거름이 되었을 뿐 만 아니라 산업계에 널리 이름이 알려지게 되 는 계기가 되었다.

22.
1993년 11월 18일,
대한민국 정부로부터 석탑산업훈장 수훈

1993년 11월 18일 세종문화회관

1993년, 대한민국 산업훈장을 받았다. 산업교육계에서 평가한 산업인력 개발공로와 대우의 관리혁명 등 경영혁신을 주도한 실무적 공적을 인정받아 정부로부터 석탑산업훈장을 받은 것이다.

세종문화회관에서 수여식이 열렸다. 마침 김영삼 대통령이 해외 출장 중이어서 황인성 국무총리가 대신 수여하였고, 주무부처인 총무처장관은 최창윤 장관이었다. 수훈자는 그 후 청와대로 초청되었다. 김영삼 대통령과 트레이드마크인 청와대 칼국수 한 그릇을 함께했다.

산업계에서 기업의 교육 담당 임원에게 훈장을 수여한 것은 아직까지도 이것이 유일한 것일 것이다. 수출이나, 기술개발, 해외수주 등을 담당하는 임원이나 사장은 수훈의 기회가 많이 있지만, 산업훈장을 인력개발 부문에서 수상했다는 것은 특별한 것이었으며 의미가 있는 일이었다.

훈장 서훈을 위해서는 30년 동안의 공적조서가 제출되어야 했다. 또 김영삼 정부 취임 초기였고 군부시절 훈장이 남발되었다는 생각 때문에 요건을 무척이나 따졌다. 대우 성장의 전위대를 자처하며 교육이라는 어려운 업무를 맡아 늘 경영의 한가운데에 서 있었으며, 이를 통해서 최고의 영예인 훈장을 받을 수 있었던 것은 김우중 회장과의 운명적인 만남 때문이었으며, 대우에서나 가능한 일이었던 것이다.

그날 용인연수원 실내체육관에서 행사가 진행되고 있었는데 김 회장을 비롯해 그룹사 운영위원이 다 함께한 자리였다고 기억된다. 누군가로부터 나의 수훈 소식을 보고받고는 큰 소리로 김 회장은 "열심히 하더니 훈장을 탔구먼! 김 상무 축하해." 하며 진심으로 격려해 주셨다. 직접 보고했어도 좋았을 텐데 간접화법이 되어 버렸다. 오랜 기간 가깝게 모시고 일하면서도 바싹 다가가지 못하는 것은 그런 넉살이 어린 시절에 배양이 안 되었기 때문일 것이다. 그러나 그런 넉살이 없었기에 나를 선택하는지도 모를 일이다. 우직하다는 것은 미련하나 순진해서 꾀를 부리지 않는 스타일을 말하는 것일 것이다. 나는 그런 사람이었다.

23.
교육부 중앙교육심의위원 위촉

1994년 11월, 교육부장관으로부터 중앙교육심의위원으로 위촉되었다. 중앙교육심위위원회는 교육부 공식자문기구로서 대학의 설립인가, 운영평가, 교육과정개발 등 대학교육에 관련한 주요정책을 심의, 자문하는 약 10명의 교육전문가로 구성된 기구이다. 주로 교육을 전공한 현직 대학교수가 대부분이고, 기업체의 산업교육전문가로는 내가 유일하게 참여한 케이스였다.

1993년, 나는 대학교육에서 산학협동이 하나의 흐름으로 제기되면서 정부 용역으로 "개방대학 개혁방안"연구에 참여한 적이 있다. 이것이 연고가 되었겠지만 한편으로는 기업교육 전문가로서 대학에도 근무했던 특별한 경력이 참조가 된 듯하다.

그때 함께 작업했던 서울대 이무근 교수는 같이 심의위원으로 활동했고, 후에 한국직업능력개발원장과 경일대 총장을 지냈다. 또 문용린 서울대 교수는 DJ 정부에서 교육부 장관을 역임했고, 2013년 현재에는 서울시 교육감을 지내고 있다.

그런데 깜짝 놀랐다. 학교 동기도 그렇고 군대 동기도 그렇고 어디가나 나는 친구들보다 두세 살 어려서 연장자 대열에서는 늘 밀렸기에 내 나이를 잊어버리고 있었는데 심의위원 명단을 보니 내가 10명 중 네 번째로 나

이가 많았다. 어느새 Senior가 되어 있었다. 산업교육계에서 유일하게 15년 동안을 교육업무에 종사하고 있었기 때문에 전문가로 대접을 한 것이고, 대우라면 일단 인정하는 세상의 분위기도 한몫했을 것이다.

예나 지금이나 대학 교육은 어떤 측면에서는 실용성이 부족한 경우가 있다. 대학을 졸업하고 신입사원이 기업에 들어오면 재교육을 하지 않으면 당장의 업무를 처리할 수가 없고 세상의 변화가 빨라서 대학에서 배운 이론과 기술의 유효기간이 계속 짧아지고 있다. 대학에서 배운 것은 6개월이 지나면 남는 것이 없다는 얘기까지 나온다. 개발경제시대, 기업이 경제의 주체가 되던 시절에는 산학협동이라는 명제가 이렇게 중요시되고 있었다.

1995년에는 교육부의 기획총괄국장을 개방형 직위로 공모했는데 면접심사위원장으로 위촉되어 면접위원들과 최종 면접심사를 하기도 했다. 간사는 교육부의 차관보가 맡았다. 정부의 연구용역을 하면서 공청회도 했고 토론자로 나서서 학술발표를 하는 등 산업교육전문가로서 위상을 높이는 데 기여했다.

24.
선진기업 경영관리시스템을 벤치마킹하라

개발경제시대는 벤치마킹시대다. 우리나라가 개발도상국으로 발전하게 되는 1980년대에는 우리 기업들도 선진국의 경영전략이나 기법 등을 꾸준히 벤치마킹을 하면서 경쟁력을 키워가던 시기였다.

그 당시 아직 후진국의 수준에서 벗어나지 못했던 한국은 경쟁 상대가 아니었기 때문에 훈수하는 차원에서 선진기업들은 제도나 시스템을 공개하는 데 개방적이었지만 1990년대 이후에는 차츰 경계의 빛을 보이기도 했었다. 실제로 1990년도에 도요다자동차 생산라인을 견학하는 데 무척 애를 먹었다. 일본중부산업연맹의 주선으로 문제를 해결했다.

어쨌든 이 시기에는 국가나 기업 모두가 모두 자기 분야에서 열심히 선진국의 앞선 사례들을 연구하기 위해 노력했고, 그러한 노력들이 경제발전의 동력이 되었음은 물론이다.

산업계에서는 해외 벤치마킹을 주도한 단체가 한국능률협회, 한국표준협회, 한국생산성본부 등이었으며, 이 단체들은 해외 유관단체들과 네트워크를 형성하여 벤치마킹을 알선하고 소개하는 비즈니스를 주로 하였다.

대우에 근무했던 23년 동안 나는 나의 업무와 관련하여 해외의 수많은 나라와 도시에 여행을 했다. 나는 그룹의 기획조정실에서 오랫동안 인력개발, 조직관리, 경영혁신 등 개선과 변화에 대한 직무를 수행했기 때문에 해외 선진기업을 벤치마킹하여 현업에 도입하고 적용해야 하는 위치에 있었다. 그래서 해외 출장 기회가 많았다.

또한 대우그룹은 해외 사업이 주된 사업이었기 때문에 모든 계열회사가 해외에 진출해 있었고 해외지사, 해외현지법인이 지구촌 곳곳에 수백 개가 포진되어 있었던 터라 해외에 나갈 일은 얼마든지 있었다.

그러나 나라가 빈곤했던 1970년대에는 달러가 부족하여 비행기 타고 해외에 나간다는 게 어려운 일이고 특권층에 국한된 사치였다고 할 수 있었다. 물론 이때는 나라 형편상 해외여행이 제한되던 시절이다.

그러나 기업 중에서는 유일하게 해외 출장에 개방적이었던 회사가 대우였다. 이때는 기업 전성시대였기 때문에 대그룹 임원급은 사내규정으로 비즈니스클래스를 타게 되어 있었다.

투숙호텔은 그룹의 위상과 관계있다고 해서 5성급 최고급 호텔을 항상 이용했고 이를 커버할 만큼 출장비는 넉넉히 지급되었다. 해외 사업을 주로 했던 대우에서는 회사 이미지와 관련이 있다고 생각했다.

　출장 목적은 주로 세계의 선진기업을 공식 방문하여 조직이나 생산시설을 견학하고, 공장관리시스템, 인력관리 시스템, 교육체계 등을 연구 조사하는 경우가 대부분이었다.

　그룹의 업종별, 분야별 담당자들의 Training Needs를 KMA 등 관계기관과 프로그래밍해서 함께 인솔하고 가는 경우가 많았으므로 나로서는 경영전 분야의 문제들을 직접 보고 배울 수 있는 유익한 기회가 된 것이다.

　그리고 또 다른 출장은 ASTD와 같은 국제회의 참가하여 인재양성트렌드를 이해하고 관심 있는 프로그램에 참가하여 자료를 수집하는 경우가 많았고, 세계의 유수한 교육기관을 방문하여 운영실태 및 시스템을 연구 조사하여 대우인력개발원의 운영과 시스템에 원용하기도 하였다.

　나는 그룹의 엔지니어와 업무 담당자를 인솔하는 경우도 있어서 특히 많은 기업들을 방문하였고, 그들의 시스템과 현황을 브리핑 받을 수 있었던 것은 나의 업무 수행에도 큰 도움을 주었다.

　일본의 종합상사들, 도요다자동차를 비롯한 자동차 회사들, 일본전장 같은 대형부품회사들, 일본 최고의 전자회사 마쓰시다전기주식회사와 마쓰시다 정경숙(政經塾), 소니주식회사, 히다치연구소, 미국의 IBM, 실리콘밸리, 3M, XEROX, FORD, GM, AT&T, 벨연구소, 영국의 자동차연구소, 스위스

IMEDE 경영연구소 등 많은 기업과 연구소들을 방문했다.

회사 내부적으로는 1985년에 STORM'85의 경우와 같이 본사와의 일체감 조성을 위해 전 지역 해외지사 순회교육을 했던 경우도 있었다. 그 바람에 리비아, 수단 등 아프리카의 오지도 가볼 수 있었다.

1984년에는 미국 CONNECTICUT 대학에 해외연수를 가게 되어 미국의 현지생활도 해볼 기회도 있었다. 1990년에는 대우의 세 번째 위기 탈출을 위한 관리혁명 Innovation운동을 전사적으로 전개하였는데 제조업 생산성 을 혁신하기 위해 일본을 수십 차례 방문했었다. 도요타자동차의 Just In Time기법과, 생산성 개혁프로그램인 IE, VE 등을 배워 대우그룹 제조업 생산라인에 도입시켰던 일도 그때였다.

나는 오랜 해외 출장을 통해서 자연스레 인류의 역사와 발전과정과 수많은 이문화의 접촉을 통해서 Cross Culture를 이해하게 되었으며, 선진국의 사회와 문화, 의식수준, 사고방식, 업무방식, 삶의 방식 들을 보았고 한편으로는 경영전반에 관한 견문을 확보할 수 있었다. 이것은 후에 내가 세경원을 설립하고 경영컨설팅을 하는 데 결정적인 계기가 된 것으로 생각하고 있다.

대우건설 관리본부장이던 1997년 단일공사로는 최대의 수주공사였던, 10억불 파키스탄 고속도로 현장을 찾았다. 열악한 환경에서 고생하는 직원 및 근로자들을 만나 애로사항을 들어보았다. 종교적인 이유로 간편한 작업복을 거부하고 거추장스런 전통복장을 하고 작업을 하는 현지근로자 들이 좀 딱해 보였다. 전통과 문화가 나라의 경쟁력이 아니라 국가발전의 발목을 잡고 있으니 안타까운 일이었지만 어떠한 교육이나 훈련으로도 바꿀 수 없는 것이 종교적 믿음이 아닌가 싶다.

현장소장은 대우 입사동기생인 김영호 소장(후에 전무가 됨)이었는데 공기와 예산을 절감하여 프로젝트를 성공적으로 끝냈다.

나는 새로운 것에 대한 욕구가 강한 편이어서 여행하기를 좋아한다. 누군가 여행은 Self Discovery 라고 정의했다. You know who you are!

여행을 통해서 자아를 재발견할 수 있는 계기가 되기 때문에 여행은 사고의 폭을 넓혀주고 풍요한 정신적 자산이 되는 것이다. 남을 아는 것이 결국 자신을 알 수 있는 길이기 때문이다.

영국의 BBC는 "죽기 전에 가봐야 할 여행지 Top 50"을 소개하고 있다. 우리나라도 20,000불 사회가 되면서 많은 사람들이 경쟁적으로 해외여행을 많이 하고 산다. 70년대에 들어와서 세계의 관광지에는 일본 관광객들이 판을 치고 다녔다. 90년대 중반이 되자 주요관광지에는 한국 사람들의 발길이 줄을 잇기 시작하더니 2010년을 전후하여 이제 중국 관광객들이 세계를 누비고 있다. 국민소득이 올라가면서 동일한 변화를 경험하고 있다.

지금도 기회 있을 때마다 세계여행을 계속하고 있다.

아내는 연세대 최고경영자 과정을 함께 거치면서 부부동반 모임인 두월회가 만들어 졌고 지난 18년 동안 동기부부끼리 많은 나라들을 두루 여행했다. 뒤늦게 해외여행 마니아가 되었다. 직장에서, 사회에 나와서, 일생을 통해서 해외 여러 곳을 둘러볼 수 있었던 것은 행운이었다.

25.
중국시장, 지역전문가 양성에 길이 있다

1994년 12월 4일, 대표단장으로 중국을 순회 방문했다. 김우중 회장은 일찌감치 21C 중국 시장의 성장잠재력을 내다보고 미수교 상태였던 냉전시대에 등소평을 만나 중국의 경제개발에 대한 조언을 하면서 당시 이미 17억 불을 무역, 건설, 중공업, 전자, 자동차 등을 중심으로 중국 여러 지역에 투자하고 있었다.

이는 국내 기업으로서는 독보적인 것이었고 해외투자 유치에 유일한 희망을 걸고 있었던 중국에서 대우의 이름은 널리 알려져 있었다. 중국 사업이 본격화될 것에 대비하여 김 회장은 인건비가 싼 중국의 일류대학 우수 졸업자를 선발하여 대우지사 현지요원으로 활용하자는 아이디어를 냈다.

우리나라에서 1년간 한국어교육, 한국문화에 대한 이해, 무역실무교육, 대우인 정신교육 등을 이수시켜 중국의 현지법인에 배치하여 활용하자는 것이었다. 살아 움직이는 동물적인 감각으로 나온 아이디어다.

나는 중국의 8개성을, 각 성별 1, 2위의 일류대학을 선정, 방문하여 대학총장과 만나 대우그룹의 향후 중국 사업 전략과 인원 선발계획을 설명하고 협약하는 출장을 떠나게 되었다.

이번 대우 대표단은 김문웅 상무(단장), 조원진 대우북경지사장(현 한나라

당 의원), 기획조정실 오영수 차장, 공산당 파견 인민위원회 여자 감독관 1명, 안내요원 1명 등으로 구성되었다.

나의 출장 경로는 산동성-대련(大連)-다이랜 이공대학-요령성-심양-요령대학-동북사범대학-장춘(長春)-길림성-길림대학-흑룡강성-송화강-하얼빈역-하얼빈공과대학-서안(西安)-시안교통대학-합비-합비과학기술대학-북경(北京)-청화대학-텐진 경유 귀국.

중국의 대학은 자체 첨단기술연구소와 공장 시설을 갖추고 상업화를 위한 준비를 마치고 있었다. 돈만 있으면 바로 실용화할 수 있는 기술들이 많았다. 그들은 기술연구소 시찰에 큰 비중을 두었다. 투자유치 차원이었다.

대학들은 영빈관을 제공하며 우리 일행을 환대하였으며, 연일 총장이 주최하는 만찬을 베풀었고 주변의 중요 문화유적을 안내하기도 했다. 당연히 중국음식의 진미를 맛보는 기회가 되었는데 매번 메뉴가 종류별로 평균 25가지가 넘는 성찬이었다. 8개성을 옮겨 다니며 지역별 중국 음식을 먹어볼 수 있었다.

영접 나온 대학 교무처장은 구겨진 와이셔츠에 장화를 신고 있었다. 당시만 해도 공산당 치하에서 대학 교수라는 직업은 사회적 존경의 대상이 아닌 듯싶었다. 대학 교수 월급이 우리 돈으로 50,000원 정도라고 했다.

경험 삼아 대련에서 심양까지는 열차여행을 해 보았다. 그중 값이 제일 비싼 침대칸의 표를 끊었지만 침대차의 하얀 침대보는 때에 찌들어 검은 자국이 반질반질하였고, 묘한 역한 냄새에 차마 덮을 수가 없었다. 코트를 입은 채로 누울 수밖에 없었다. 궁금해서 일반 객실로 내려가 보았더니 그날은 비가 와서 열차바닥은 질퍽했는데 사람들이 이리저리 뒤엉켜 눕거나 앉아 있고, 귤껍질, 계란 껍데기 등 먹던 음식쓰레기를 아무렇게나 마구 버려 그야말로 돼지우리였다.

중국인의 가난하고 더러운 생활상을 여실히 보여주었다. 중국은 공중목욕탕이 없는 문화라고 한다. 난방이 안 되니 옷을 많이 껴입어서 온도를 조절한다고 들었다. 이때까지만 해도 북경의 대로에는 자동차와 우마차가 뒤섞여 다녔고 교통신호도 없이 무질서했다.

그로부터 20년이 채 못 되어 중국은 세계 2위의 경제대국이 되었다. 지금 북경은 상전벽해가 되어있다. 2차대전 이후 독일도, 일본도, 전후 20년 만에 경제가 원상 복구되었다. 중국도 개혁개방 20년 만에 이렇게 완전 새로운 강국이 되었다. 역사에서 20년이 중요한 이유이다.

김 회장은 요즘도 청년들을 베트남 현지 전문가로 키우는 일에 진력하고 있다. 대우세계경영연구회가 주관하는 YBM 프로그램에 관심을 가지고 베트남 현지대학과 제휴하여 기숙사에서 1년간 합숙교육을 시켜 현지 전문가로 진로를 열어주고 있다. 베트남에 진출하고 있는 한국 기업들에 호평을 받고 있다.

아직도, 세계는 넓고 할 일은 많은 것이다. 김 회장의 열정은 아무도 당할 수 없다. 그의 사전에 나이는 없다. (2013. 6.)

26.
1997년 가을, 한국에 불어 닥친 환란 IMF

6.25이후의 국가 대 변란이었다.

국가의 외환관리 시스템이 붕괴되고 모라토리엄, 우리나라는 그야말로 국가 부도사태에 직면하게 되었다.

한 국가를 운영하는 데는 어차피 자기자본 이외에 국가나 기업들이 개발자금이나 해외에서의 사업자금 조달 등 여러 형태의 해외채무가 수반되기 마련이므로 정부는 총괄 시스템으로 장단기 상환 등 외환수지를 상시 관리하면서 최종적으로는 외환 보유고를 일정량 유지해야 하는 것이 상식이다.

이자지급, 원금상환 등 일련의 스케줄에 차질이 생기고 해외 채권자들의 회수에 휘말리게 되면 국가부도사태가 일어나는 것이다.

김영삼 대통령은 집권 내내 자질부족이 회자되더니 총체적인 국가 관리에 문제가 야기되었다.

그 당시 우리나라의 외환 보유고는 36억불 정도로 바닥이 나 있었고 기업의 부채비율, 국가재정 적자 등 부실 요인이 경제의 발목을 잡고 있었으며 S&P, 무디스 등 해외의 신용평가기관은 졸지에 한국의 국가 경쟁력을 몇 단계 하향조정하고 말았다.

주가지수는 300을 밑돌았고 800원대의 환율은 삽시간에 무려 2020원까지 올라갔다. 1인당 국민소득은 10,000불에서 갑자기 5,000불로 삭감되었다.

세계경제사에 신화적인 성장을 기록했던 한국경제의 망신이었다.

IMF의 구제금융이 이루어졌다. IMF에서 긴급자금을 빌려주면서 경제 회생을 위한 각종 간섭이 시작된다. 그러나 이것은 반드시 자국의 이익에 부합되는 것만은 아니다.

오히려 국제금융자본의 종주국인 미국의 이해에 연결되어 있다는 게 정설이다. 오슬로 대학의 모 교수는 IMF는 미국의 식민경제 책략이라고 까지 단정하고 있다.

이로 인해서 부실기업, 공기업, 은행 등이 매각, 합병, 청산이라는 극약처방으로 일방적으로 처리되었다. 경제파탄이었다. 해외차입이 많은 회사는 곧바로 부실화 되었다.

구조조정으로 내쫓긴 근로자들의 실직 율은 10%를 넘고 수많은 사람들이 갈 곳을 잃고 길거리를 방황하고 지하도는 Homeless들로 넘쳐 나고 있었다.

대기업도 50대 이상은 무조건 정리대상이 되었으며 경우에 따라서는 40대 중반까지도 확대되었다. '사오정 오륙도' 라는 풍자가 시중에 유행했다.

사십 오세면 정년이요 오륙십 세까지 남아있는 놈은 도둑놈이라는 뜻이란다.

등산로에는 평일에도 중늙은이 들이 장사진이었다. 많은 사람들이 아무 준비 없이 회사를 떠났다. 가정이 깨지고 보육원에는 IMF고아가 넘쳐났다.

자력으로는 회생이 불가능 한 국가경제대란이 일어난 것이다.

 대우가 표적이 된 건 이때였다.

 대우는 해외사업에 치중하고 있었으므로 해외채무가 많았고 성장위주의
경영방식은 늘 높은 부채비율을 유지할 수밖에 없었기 때문이다.

 거기다가 회장과 경제장관들과의 불화가 대우를 청산대상으로 매도하기
에 이른다.

 IMF를 극복하고 분위기를 바꾸는 데는 회생양이 필요했는데 대우가 잘
걸려든 것이다. 미국이 대우를 지목했다는 설이 있다. 미국의 입장에서 보
면 대우는 미운 오리새끼였을 것이다.

 폴란드 자동차회사 매각의 경우에도 GM과의 계약직전에 대우가 뒤집었
고 우즈베키스탄에서도 그랬고 세계시장에서 많은 프로젝트를 놓고 미국
회사들과 경쟁하였는데 그들은 김우중 회장의 파격적인 조건을 따라잡을
수가 없었다.

 김우중 회장은 회사인수조건에 100% 고용유지를 받아들였는데 이 점에
서 다른 기업들과 달랐다. 보통은 구조조정을 통해 회사를 회생시키는 것
이 정석이기 때문이다.

 대우의 거래조건은 언제나 무모하리만치 엄청난 deal을 하였다.

 당시에는 국민의 정부로 새로 출범한 김대중 대통령의 신임을 받았던 김
우중 회장이 전경련회장 자격으로 국무회의에 참석하고 있었다.

 이 과정에서 금융관리위원장, 경제기획원 장관, 청와대 경제수석 등 경제
실세 3인방을 거세게 힐난했던 것이 화근이 되었다는 이야기도 있다.

 다보스포럼 참가 중에 만난 대통령 경제특보와의 설전..모두 경제현안 문

제에 대한 이견들이었다.

당장의 이윤보다 늘 국익을 먼저 생각해온 회장이 아니신가?

현장을 누비는 김우중 회장의 입장으로서는 그들의 탁상공론을 묵과할 수는 없었을 것이다. 무슨 잠 고대 인가 했을 것이다.

정부가 자금줄을 옥죄이면서 대우의 숨통은 끊어져 갔다.

노무라 증권의 악의적인 대우부실보도..한편으로는 정부가 앞장서서 대우의 부실경영을 확대 재생산하였다.

좀 참으실걸 그랬다. 김우중 회장의 자신감과 성공론이 어느새 교만이 되셨던가. 상황은 돌이킬 수 없는 현실로 급변하고 있었다. 한국 재계 2위, 재벌의 절대 권력을 너무 과신한 것이 아닌가 싶다.

김대중 대통령이 누구인가? 그는 정치인이다. 자신을 대통령으로 만들어준 JP의 내각제 약속도 휴지를 만들어 버린 사람이다. 김우중 회장과의 약속 정도는 문제도 되지 않았을 것이다.

정치권력이 마음만 먹으면 재벌이 해체될 수 있는, 한국은 아직도 이런 후진국이라는 걸 세계 모든 나라에게 광고해 버렸다.

한국경제를 송두리째 파괴해버린 IMF대란!

이로 인해서 나의 운명도 급전직하로 바뀌어 57세의 한창나이에 회사를 나올 수밖에 없는 상황이 돼버렸다.

27.
대우, 구조조정의 끝에 내몰리다

세계경영 전략으로 확대일로를 걷고 있던 대우는 돌이킬 수 없는 최대의 위기에 직면하게 된다. 세계경영기지 구축을 위한 막대한 해외투자가 진행되고 있던 시점에서 부채 비율은 높을 수밖에 없었는데 정부와의 불화로 취약한 경영 내용이 만천하에 드러나게 되었다.

한국 정부에 의해서 폭로된 대우의 방만한 경영 부실은 확대 재생산되어 세계각지에 퍼져있는 수많은 해외 채권자들을 경악시켰고, 국내의 각종 은행 및 금융기관은 뇌관이 풀리면서 굉음을 내게 되었다.

한국 경제는 대우사태로 요동치며 일파만파가 되었다. 대우그룹의 청산과 자구책 등이 IMF하의 국가위기경제 하에서 가장 큰 발등의 불이 되어버렸다. 하루아침에 대우와 김우중 회장은 역사의 죄인이 되었다.

대대적인 내부 구조조정이 시작되었다. 생존과 멸망이 매일 매일 교차되었다. 서둘러 해외본사 사장 발령을 강행하고, 대대적인 임원 감축 인사를 단행하면서 대우는 뒤늦게 구조조정에 돌입한다.

이른바 40대 본부장, 사장론이 대두되었다. 50세 이상의 고위 임원들이 일차 대상이 되었다. 50세 이상, 전무 이상의 고급임원은 동반퇴진이 불가피한 상황이었다. 대우 임원 50대는 거의 일류대학을 나온 인재들이었고,

경제의 전면에서 정말 열심히 자기를 희생해 온 세대였다. 그러나 IMF는 임원정년을 60세에서 10년을 앞당겨 버림으로서 수많은 전문가를 퇴장시키고 그 가정을 한순간에 절망 상태로 내몰아버리고 말았다.

1997년 외환위기 발발, 1998년 그룹의 유동성위기 직면, 내부 구조조정 미흡, 정부와의 불화, 국내외 신용추락, 대우그룹 워크아웃 돌입, 1999년 김우중 회장 경영퇴진 선언, 해외도피, 경영진 구속수감, 이렇게 대우는 침몰하고 있었다.

미국 대통령은 "GM의 이익이 미국의 이익이다"라고 강변하면서 기업을 옹호했지만 한국에서는 정부가 나서서 32년 된 국내 2위의 대그룹을 멸망시켰다.

대우가 개발경제의 한복판에서 감당해 온 수출과 고용, 산업발전, 국민총생산에의 절대적인 공헌은 이렇게 절대권력 앞에서 보호받지 못하고 멸문지화를 당하고 말았다.

1999년 12월 11일, 김 회장은 대우가족에게 남기는 글을 유서처럼 띄우고 대우와 영원히 결별하였다.

구조조정의 칼날은 나에게도 예외를 인정하지 않았다. 그룹이 해체되는 이 순간에 무슨 말을 할 수 있겠는가? 1977년 경력공채 1기, 과장으로 입사해서 전무이사까지 파란만장한 시간을 보냈다. 대우가 나와 나의 운명을 바꾸었다. 나는 대우에 감사한다. 그리고 김우중 회장에게 감사한다.

대우는 자기가 하고자 하는 일은 무엇이든지 벌일 수 있도록 보장되어 있는 독특한 기업문화를 가지고 있었다. 대우는 나의 창조성이 마음껏 발휘될 수 있는 기회의 땅이었다. 나는 미련 없이 일했다. 그리고 대우는 모든 일을 열정적으로 최선을 다하고 위험에 과감히 도전하는 체질을 나에게 심어 주었다. 그리고 나의 사고를 보다 유연하게 만들어 주었다.

김우중 회장의 의사결정을 가까이서 볼 수 있는 행운도 있었지만 대우는 의사결정에 있어 항상 최선을 선택하는 기업문화가 있었다. 한번 결정된 것이라고 해서 그대로 가는 법이 없었다. 결정은 언제나 더 나은 선택으로 바꿀 수 있는 유연성을 가지며 고식적인 것, 보편성을 지양하는 기업문화를 가지고 있었다.

이것은 늘 더 나은 선택을 추구하게 만들었으며 "어떤 일을 하는 데는 1,000가지의 방법이 있다."고 김 회장은 늘 강조함으로써 가능성에의 도전을 대우인 모두에게 체화시켰던 것이다. 이것만으로도 나는 수억의 퇴직금보다 값진 것이라 생각한다.

나에게도 Sacrifice는 있었다. 근무 기간의 대부분을 한 가지 직책으로 일관했다. 내가 반드시 원한 것도 아니었지만 그 당시 대우의 정황과 회장의 뜻으로 그렇게 갈 수밖에 없었다. 일찍이 해외 근무를 자원했더라면 내 인생은 달라졌을지도, 경제적인 형편이 좀 나았을지도 모른다. 이 일로 특별히 보상받은 것도 없다.

대우는 김문웅의 능력을 인정했다. 업무의 저돌성과 열정은 나의 브랜드였다. 그리고 희생을 요구하는 교육 업무를 마다하지 않고 끝까지 해냈다. 공정하다고 생각하는 것에는 목숨을 걸었다. 대우교육의 일관성을 위해 투쟁했다. 그리고 긴 시간 바쁘게 살았다. 그렇게 운명처럼 살았다.

나는 대우의 모든 것을 사랑한다. 그리고 후회는 없다.

28.
2000년 1월 세계기업 경영개발원 설립하다

바람에게도 길은 있다.

나는 비로소 나의 길을 가노니

길은 언제나,

어디에나,

있지 아니한가?

대우그룹이 반 시장 경제적으로 청산, 법정관리, 워크아웃 처리되어 가는 그 시각에 나는 멀리 무등산이 내다보이는 지역본부장 집무실에서 대우와의 작별을 생각한다. 퇴임 이후 명예로운 사회생활의 마무리를 위해서 준비가 필요했고 조직 생활에서 경험한 경영의 노하우를 사회에 환원하는 것이 경영인으로서 살아온 내가 그나마 산업계에 남길 수 있는 기여라는 생각을 했다.

CPX 작전 계획이었다.

공개적으로 할 수도 없는 일이어서 직원들의 도움도 받지 않고 조용히 법인 설립 작업을 했다. 인가자인 공무원들의 입장에서 받아들일 수밖에 없는 명분과 정당성을 개발하는 것이 법인 설립의 요체이다.

글로벌 경제시대에 기업경쟁력 향상은 오늘의 경제사회에 공익이 될 수 있다는 생각을 했고 기업경쟁력 개발을 목적사업으로 하는 전문가 양성과 경영컨설팅 법인을 산업자원부 산하 공익법인으로 설립하기로 한 것이다.

세계기업 경영개발원(世界企業經營開發院)
Global Enterprise Management Development Center

세경원의 컨설팅은 새로운 어프로치로서 산학연 공동솔루션이라는 개념을 설정하였다. 기업의 현장경험과 대학의 전문지식과 컨설팅 조직의 연구경험을 통합하는 Collaborative Solution으로 기업문제를 해결함으로써 실행성과 효과성을 높일 수 있다는 논리를 개발한 것이다.

이것은 내가 쓴 소설이었지만 창조적 아이디어였다고 할 수 있을 것이다. 그러나 애로도 많았다. 대우사태 이후 이 당시에는 '세계경영'이라고 하면 무슨 역적처럼 생각되던 때였다. 준비 과정에서 처음에는 '세계경영개발원'이라는 이름을 특허청에 등록해 놓기도 했지만 관철하기엔 법인 운영이나 회원 유치부터가 난망일 것 같았다. 고심 끝에 '세계경영' 사이에 '기업'이라는 말을 집어넣어 '세계기업 경영'으로 바꾸었다. 그렇게 바꾸고 나니 차라리 내가 하고자 하는 목적사업이 오히려 구체적 개념이 되고 명백해지기도 했다.

인가 담당자의 입장에서 요구되는 조건을 역으로 상정하여 필요한 요건을 갖추었다. 정관의 내용도 현실에 맞게 조정하기 위하여 산자부 담당관과 수차례 토론해서 수익사업이 가능한, 특별한 사단법인을 만들기도 했다.

그렇게 해서 사무실도 미 계약한 상태에서 서류만으로 설립인가를 얻어 내는 요령과 선례를 남겼다.

1999년 12월 18일 산업자원부에 인가신청하고

2000년 1월 5일 0002호 산업자원부 장관의 인가를 받았다.

2000년 1월 17일 데헤란로 선릉역에 사무실을 마련하고

2000년 2월 9일 강남구에 법인설립등기를 했다.

장관의 인가로 공익법인의 이사장이 된 것이다. 발상부터 끝까지 혼자서 만들어낸 결과였지만 이것은 누가 뭐래도 퇴임이 후 나의 사회생활 방편으로서 결정적 기여를 하게 된다. 기획과 개발업무로 조직 생활을 먹고 산 세월이 베푼 훈장이었다.

송자 명지대 총장을 명예회장으로 위촉하고 폴란드 및 우크라이나 현지 사장으로 있다가 퇴임한 대우의 최정호 사장을 법인회장으로 영입했다. 최정호 사장은 서울고, 서울상대를 졸업했고 소설가 최인호의 실형으로서 인력개발원에 함께 근무하면서 거제도에서 관리혁명을 함께 한 인연이 있었다. 대우에서 이름난 인재이며 영화광이고, 입담 좋고, 박식하고, 특히 인간관계가 뛰어난 유순한 성격의 소유자였다.

이사는 김태규 박사, 갈렙 컨설팅의 김종근 박사, 고필종 수원대 교수, 김태현 연세대 교수, 고학용 조선일보 논설위원, 명동원 한국일보사 기획본부장, 박찬호 한국능률협회 매니지먼트 대표, 박원우 서울대 교수 등이었고 감사는 대학 동기인 백승열 일요신문사 편집주간과 남민 신명건설 회장이었다. 특히 김태규 이사는 발기인으로 참여하면서 많은 도움을 주었다.

서울 벤처벨리인 강남구 역삼동 테헤란로 선릉역에 위치한 휘닉스빌딩 502호에 사무실을 차렸다. 자유전문직업인으로 일단 변신한 것이다.

1999년 여름에 구상을 하고 2000년 1월에 설립하고, 개업 1년 동안 혼자서 온갖 실무를 다하면서 사업기반 조성을 위한 회원사 확보 및 워크시스템 구축에 영일이 없었다.

2000년 6월 15일, 역삼동 라마다르네상스호텔에서 세계기업 경영개발원 창립기념세미나를 개최했다. 우크라이나 대사관과 매일경제신문이 후원하는 가운데 산자부 장관을 비롯하여 100여 명의 회원사 및 관계인사가 참석했다.

2001년부터 2003년까지 3년간은 한국수입업협회와 제휴하여 인터콘티넨탈 호텔에서 무역 CEO들을 상대로 한 격주월례 조찬포럼을 60여 회 기획하고 진행했다.

최정호 회장의 절친인 한국수입업협회 진철평 회장의 지원이 큰 도움이 되었다. 대기업 중심으로 회원회사도 80여 개사를 유치하여 온, 오프라인 경영서비스를 제공하고 기금을 확보하였다.

2003년에는 엘지그룹에서 '개인 및 팀 평가시스템과 급여체계작업'에 대한 컨설팅을 1억 원에 수주하여 컨소시엄을 구성, 작업을 완료하였다. 2004년 말에는 사무실을 서초동으로 이전했다. 강정훈 전 조달청장을 회장으로 영입하고, 최정호 회장과 배상길 대사를 고문으로 위촉하는 등 장기적인 발전을 위해 변화를 시도했다.

페이퍼워킹부터 경리회계까지 남의 도움 없이 해결할 수 있었던 것은 내가 현업에 있을 때 실무를 직접 챙겼던 것과 모든 실무를 혼자서도 할 수 있어야 한다는 생각으로 경험을 쌓은 덕분이었다.

도요다 자동차의 공장장은 라인의 조립작업자가 결근하면 그 자리를 메워 조립작업을 대신할 수 있어야 한다고 한다. 나 역시 임원이 되어도 사원이 하는 일을 할 수 있어야 한다고 늘 생각했다.

데헤란로에는 벤처기업이 넘쳐났던 시기였다. 일상적으로 컴퓨터 워크스테이션 프로그램을 브리핑 받았다. 대기업에 알선, 소개해달라는 부탁이었다. 나는 디지털세계에 깊숙이 빠지면서 내 나이에 걸맞지 않게 PC를 다룰 수 있게 된 것은 의외의 소득이었다.

이렇게 나는 대우에서 튕겨져 나와 나름대로 새로운 둥지를 틀었던 것이다. 대우가 어려워지면서 수많은 임원을 세상에 쏟아내었지만 당시로서는 제대로 된 창업으로는 유일한 케이스였다.

29.
사단법인을 대우에 헌납하였다!

2010년 9월, 세계기업 경영개발원을 대우그룹에 이관하였다. 2000년에 설립하여 운영해온 지 10년 만이다. '말이 씨가 된다'는 말이 있지만 이 경우도 말한대로 돼버린 셈이다. 1999년 말, 김우중 회장에게 퇴임인사를 하는 자리에서 세경원 설립계획을 말씀드리고 대우를 외곽에서 지원하겠다는 뜻을 밝혔는데 동의해주신 일이 있다. 그리고 나중에 필요하면 활용하시라고 주제넘은 말씀도 드린 적이 있다.

그런데 우연하게도 김 회장도 신뢰하는 최정호 사장까지 세경원에 합류하는 걸 보고 딴은 그 후 여러 번 관심 표명도 하셨다. 어떻게 잘하고 있느냐고⋯⋯. 해외도피 중, 태국에 머무르고 계실 때에는 최 사장이 찾아뵙고 현황 설명을 드린 적도 있었다.

그 후 김 회장이 국내로 돌아오시고 구치소에서 고생을 하실 때는 공판이 열릴 때마다 방청을 하고 통분하면서 마음으로 위로를 드렸었다. 해외에서 급박하게 돌아가는 비즈니스 현장에서 이루어진 일들을, 금융도 모르는 판사가, 사문화된 법조문으로 위반 여부만을 추궁하는 것을 보면서 참으로 답답하였지만 법이라는 건 늘 그런 것이다.

나는 김우중 회장의 탄원서를 작성하여 김 회장의 국가에 대한 기여도와

충정을 알리는 글을 써서 월간 '경제풍월'에 게재하기도 했다. 2006년 10월 인가, 게재된 잡지와 함께 사신을 구치소에 넣어 드렸고 조금이나마 마음의 위로가 되셨으면 했다.

그때 당시 대우라는 이름이 시중에서는 죄인처럼 치부되고 있었던 상황이었기에 김 회장이 죄과를 벗고 새롭게 사회생활을 하시게 되면 Social Status를 대우보다는 공익법인인 세경원 직함을 이용하는 것이 바람직하지 않겠느냐는 것과, 원하시면 조건 없이 법인을 헌납하겠다는 뜻을 이영현 비서를 통해 전달했던 것이다.

지금 생각하면 분수를 모르는 제안이 아닌가 생각되기도 하지만 현업에서 늘 기탄없이 회장에게 내 생각을 말씀드리던 습관이 남아 있어 이런 강변을 별 마음의 부담을 두지 않고 할 수 있었지 않나 싶다.

김 회장님은 대우를 퇴임한 우수한 인재들의 활용방안에 관심을 두셨던 것 같다. 그들은 대우 30년 동안 대우정신으로 무장되고 고도로 훈련된 인재들이다. 지구촌 곳곳에서 활약한 대우인들은 우수한 해외 전문가이고, 금융 전문가이며, 기술 전문 인력들이며 비즈니스 전문가들이다.

이들을 네트워킹 한다면 할 수 있는 역량은 무한하다고 할 수 있을 것이다. 그래서 결국 장병주 사장을 시켜 대우세계경영연구회를 조직했을 것이다. 대우그룹에서 대리급 이상으로 근무한 직원으로부터 임원들까지 멤버가 되었다. 나 역시 모임의 멤버이다.

그 후 청년실업을 지원하기 위한 해외인력양성프로그램, 중소기업 경영지원, 대우의 명예회복사업 등을 주요사업으로 설정했고 이를 추진하기 위해서 사단법인의 설립이 필요하게 되었다.

회장의 입장에서 기금출연이 불가능한 상황에서 사업추진에 따른 협찬이나 기부를 받기 위해서는 사단법인이 필요했고, 내가 하는 세경원이 그런 요건을 갖추었다는 데 착안했던 것 같다. 하지만 김 회장이나 장 사장이 사면 요건에 묶여 있어서 정상적으로 법인 설립이 어려운 상황이다 보니 선택의 여지가 없었을 것이다.

박창욱 사무국장이 여러 번 찾아왔다. 협의 끝에 장부상 부채 일부를 인수하는 조건으로 세경원의 사업권과 히스토리를 승계하는 형태로 사단법인격을 넘기게 되었다. 그리고 (사)대우세계경영연구회의 자문위원을 맡았다.

10년 동안 세경원 운영에 관련된 노하우가 고스란히 담긴 전자파일을 전부 넘겼다. 실무적으로 참고가 되었을 것이다. 사단법인도 돈을 벌어 유지해야 하는 어려움이 있어 고군분투하던 중이었지만 막상 법인을 넘기고 나니 뭔가 옷을 벗긴 것 같은 허전함이 있다. 법인을 가지고 있는 것과 없는 것이 이렇게 큰 줄은 몰랐다.

많은 대우 임원들이 아는 체를 한다. 이 헌납을 어려운 결정으로 받아들인다. 기조실 출신이기 때문에 회장을 위해서 자신을 희생한 것으로 평가하는 사람들이 많았다.

법인을 넘기고 나니 이제 비즈니스는 끝이 났다. 이제 비로소 자유인이 된 것 같다. 세계기업 경영개발원은 이제 공식적으로 사라졌다. 처음이자 마지막으로 직접 사업이라고 해보았다. 쉽지 않았다. 따는 얻은 것도 없고 잃은 것도 없다. 그러나 세경원 10여 년의 역사와 함께 나는 변신에 성공한 셈이고 공익법인의 이사장으로 살아온 흔적은 공식적인 기록으로 남을 것이다. 지금도 세계기업 경영개발원 이사장 앞으로 오는 각종 잡지와 문서, 유인물들 때문에 변화를 실감하지는 못하고 산다.

결과적으로 대우에 일조를 한 셈이고, 장기적으로 보면 세경원의 연장선 상에서 발전해가는 대우세계경영연구회의 뿌리가 되는 일이 더 의미 있는 일이 아닐까 생각한 것은 옳은 판단이었다. 이렇게 김우중 회장과의 인연은 질기게 이어지고 있다. (2010. 10.)

30.
대우의 절친, 최정호 회장 홀연히 떠나다

최 정 호! 내가 살아오는 동안 제일 기억에 남는 이름이다.

대우그룹 기획조정실에 근무할 때 그이는 기조1부의 인사담당 상무로 옆 사무실에 근무하고 있었다. 나와의 인연은 내가 용인프로젝트와 관련하여 미국, 일본 등 해외 일류기업 인력개발시스템과 연수시설을 순방하는 출장 을 함께 간 5명 중 한 명으로 처음 그이를 만났다.

15일 동안 여행을 하면서 그이는 참으로 선량한 사람이라는 걸 어느 정 도 알 수 있었다. 늘 남을 먼저 배려하며 부담을 주지 않으려는 모습이 인 상적이었다.

그 후 서로는 그룹 내에서 각각 다른 길을 가고 있었지만 종종 연락이 이루 어져 오다가 1990년 대우조선의 회생을 위한 그룹 차원의 경영혁신운동이었 던 관리혁명을 추진하는 과정에서 직속 상사로서의 인연을 맺게 되었다.

당시 나는 아주대학교 총무처장으로 나가 있다가 김우중 회장으로부터 관 리혁명을 추진하라는 특명을 받고 거제도에 불려가 내려가 있었는데, 김우중 회장에게 그이를 인력개발원장으로 천거하여 즉석재가를 받은 일이 있었다.

그로부터 3년간을 함께 거제도에 머물면서 관리혁명에 매진하면서 동고동락하게 되었다. 3년 동안 거제도와 서울을 오가며 겪었던 사건, 사고들, 컨설팅관계로 일본을 여러 차례 드나들던 일, 서로에게 솔직했던 대화, 격식 없이 어울렸던 시간들, 어쩌면 이건 다분히 운명적인 것이었다.

나의 저돌적이고 직선적인 업무 스타일과 그이의 온화한 성격은 궁합이 잘 맞아 보완적이었으며, 서로에게 굳은 신뢰가 형성되었다. 나는 어느 면에서 완충이 필요한 사람이고, 그이의 추임새는 잠자고 있는 나의 능력을 일깨워 준 셈이다.

관리혁명을 끝내고 1993년에는 나를 상무로 내신하여 김우중 회장의 재가를 받기도 했다. 이후 그이는 대우자동차 판매 사장으로 우크라이나 지역 담당 사장으로 전직이 되고, 나는 1996년 건설관리본부장으로 전보되어 근무하던 중 운명의 IMF를 맞게 되고 대우가 몰락하면서 1999년 거의 동시에 대우를 떠나게 된다.

퇴임을 앞두고 내가 세계기업 경영개발원을 설립하고 있던 중 연락이 되어 함께 뜻을 모았고, 세경원 초대회장으로 영입하였다. 그이의 인적 네트워크와 뛰어난 대외신용, 영업능력이 세경원에 큰 도움이 되었다. 세계기업 경영개발원. 그이의 해외 경력이 세경원의 캐릭터와 잘 맞아 떨어졌고 유난히 세경원에 애착을 보이셨다.

2001년부터 세경원은 인터콘호텔에서 3년간 CEO 대상으로 격주 조찬세미나를 주관하였는데 60여 차례를 함께 진행한 적이 있다. 그이는 업무에 대한 결벽증이 강해서 늘 걱정이 많고 불안해하는 여린 심성을 갖고 있었다.

돌아보면 26년의 세월동안 때로는 회사업무 동반자로, 인간적인 멘토로 함께 해온 시간들 속에서 깊은 형제애를 공유하게 되었고, 대우그룹 내외에서 둘을 특별한 관계로 인식하기에 이르렀다.

최 정 호! 그이는 작은 거인이었다.

1940년생. 서울 중고교, 서울 상대를 졸업하고 산업은행을 수석 합격한 수재다. 친화력이 좋아 영업 분야에 뛰어난 능력을 발휘했으며, 학구적이어서 그 후 명지대학원에서 경영학 박사학위를 했고 말년에는 한양대 교수를 지냈다. 그이의 박식과 해학과 달변은 젊은이들에게 인기가 있었을 것이다. 최근에는 학부 강의 등 너무 열심히 하다 보니 다소 일에 부담감을 가진 것 같았다고 전해 들었다.

동생 최인호 작가는 당대의 소설가이지만 형인 그이도 문재가 뛰어났으며 특히 음악 등 예술에도 조예가 깊었다. 특히 영화 부문에는 광적 마니아로서 수많은 영화의 역사나 스토리, 캐스트 등을 줄줄이 외울 정도이다.

언젠가 미국 출장을 함께 갔을 때 맨해튼의 빌딩위에 세계적인 영화감독 20여 명이 그려져 있는 옥외광고탑이 있었는데 즉석에서 이름들을 죽 대어 놀라게 한 적도 있다. 요즘에도 점심을 함께 하는 날이면 으레 서초동에 있는 국제 전자센터에 들려 영화 DVD를 고르는 데 열심이었다.

그이는 성실한 크리스천이었으며 성경을 신봉하였고 겸손의 미덕을 소유하고 실천했던 사람이었다. 어떤 때는 그에게는 숫제 자기 의견이 없는 사람처럼 보였다. 모든 의사결정을 다른 사람에게 미루며 아랫사람에게도 철저히 공대했던 사람이다. 가식이 아니었다. 예수그리스도의 낮은 자세를 말없이 실천하는 사람이었다.

나는 그이에게서 많은 것을 배우며 살았다. 세상을 살아가는 방법, 인간적인 것들, 사람에게 호감을 주는 법, 자신의 감정을 드러내지 않는 것, 지고 사는 법, 칭찬의 미학 등 많은 것을 그이를 통해서 반면교사로 삼았던 것 같다. 그이로 인해서 그나마 내 인생도 조금은 정제될 수 있었다고 나는 믿는다. 그이는 내 인생의 멘토였다고 솔직히 고백하고 싶다. 그래도 최근까지 가끔 점심을 나누고 서로의 안부를 챙겨온 사이다.

그렇게 건강 문제에 철저하고 노심초사 했건만 운명은 이렇게 잔인한 것인가? 성실했던 사람도 비켜가지는 못하는 이 운명, 하느님의 뜻이라고 하기엔 너무 안타깝기만 하다. 재사단명이라더니 오늘과 같은 장수시대에 70도 못 가보고 가다니 너무도 애통하다.

5월에 암 수술을 받고 11월에 가버리니 너무도 허망하다. 십이지장에 발생한 암이었지만 근처에 췌장과 쓸개 등이 인접한 부위여서 수술 후 예후가 좋지 않았던 것 같다. 머리 좋고 예민한 체질에 항암치료를 너무 힘겨워 했다고 한다. 마지막 순간까지 총기가 있었다니 자신의 인생과 죽음을 어떻게 받아들일 수 있었는지 그 비감을 측량할 길이 없다.

무언가 알 수 없는 무거움이 짓누르는 듯한 성남화장장, 2시간 만에 그이는 한줌의 재가 되었다. 하지만 그이는 짧았지만 굵은 생을 살았다. 사는 동안 그이는 타고난 재능을 유감없이 발휘하여 세상을 발전시키는 데 일조하였다. 세상 사람들에게 좋은 사람이었다는 기억을 남긴 것만으로도 그이는 성공한 삶을 산 것이리라.

이제는 하늘나라에서 또 다른 하느님의 쓰임새가 예정되어 있는 것인가? 천국에서 길이 평안하시고 안식하시기를……

주님. 불쌍한 최정호의 영혼을 기억하소서.

저희에게 잘못한 이를 저희가 용서하오니 저희 죄를 용서하시고 악에서 구하소서. 명복을 빕니다. (2009. 11. 11.)

31.
서울, 거제도 7만 마일의 추억

대우인력개발원 金文雄 상무이사

'대우인 만들기'에
앞장 서 온 교육통

산업 인력 양성 수훈 인정받아 석탑산업훈장

대우의 임원 중 같은 일을 하면서 한 자리에 15년 동안 있는 것은 金 상무이사가 첫 케이스
오래 근무한 데서 오는 어려움과 장·단점도 있다며, 항상 새로운 능력을 요구하는 만큼
어려움이 뒤따른다고 토로한다.
작업운을 '초효과소'에 두고 늘 최선을 다한다는 그는 엄격한 완벽주의를 고집한다.

"교육의 경쟁력이 그 기업의 경쟁력이다. 교육의 질이 곧 기업 경영의 질을 가늠하는 위치 척도가 된다."

그 무엇보다도 경쟁 조직인 기업에서는 교육이 중요하다고 강조하는 대우인력개발원 김문웅 상무이사(51).

지금까지의 산업 교육이 인재 개발이나 육성에서 비롯되었다면 이제는 변화와 개혁에 역점을 둔 조직 경쟁력 확보에 목표를 두어야 한다고 강조한다.

1979년부터 지금까지 15년 동안 인력 양성과 교육 프로그램 개발, 품질 교육을 전담해 온 그는 그 공로를 인정받아 작년 품질경영대회에서 석탑산업훈장을 수상했다.

기업에서 교육과 경영 혁신을 담당하고 지원하는 사람도 큰 상을 받을 수 있다는 선례가 된 것 같다며, 현재 대기업뿐 아니라 중소 기업에서 교육을 담당하고 있는 이들에게 동기 부여가 되고, 사명감을 갖는 기회가 되었으면 좋겠다고 소감을 밝힌다.

1966년 고려대 법대를 졸업한 후 공군 본부에서 장교로 인사를 담당하다 대위로 예편, 경인에너지 인사과장을 거쳐, 1977년 대우그룹에 입사한 그는 기획조정실 내에 교육팀을 신설하면서부터 지금까지 인재 육성 업무를 담당했다.

당시 부실 기업을 인수해 경영의 어려움을 겪던 대우는 회사를 정상화시키는 방안으로 교육에 치중한다.

공통된 가치관과 컨센서스 지향점을 이끌어 내고, 서로 유대감을 갖기 위해 대우 가족화 운동이

❝
지금까지 15년 동안 인력 양성과 교육 프로그램 개발 품질 교육을 전담해 온 김문웅 상무이사는 그 공로를 인정받아 작년 품질경영대회에서 석탑산업훈장을 수상했다.
그는 자신의 수상이 교육 담당자들에게 동기 부여가 되고, 사명감을 갖는 기회가 되었으면 좋겠다고 밝힌다.
❞

과정(미국 SAVE), TMS(Top Management School) 과정(일본 중부산업연맹) 등.

1985년 그룹 전체의 생산성 및 의식 개혁 혁신을 위한 'STORM 85' 운동을 기획·추진하면서 그룹의 전 과장급 이상(5,124명)을 한국표준협회 위탁 교육을 실시, 품질 관리에 대한 인식 확산과 풍토 조성에 나선다.

1988년부터 계속되는 노사 분규의 어려움 속에서 1989년 대우조선 정상화가 국민적인 과제로 대두되자 김우중 회장이 직접 경영 일선의 진두 지휘에 나선다.

▲ 1990년 국내 최초로 그룹 7개사 공동으로 '직업훈련원'을 설립하여 그룹 출신 근로자에게 정규 대학에 상응하는 교육을 시키는 등 대우그룹은 인재 양성에 많은 노력을 쏟는다고

대대적으로 실시되고, 1982년 '제2창업' 경영 활성화 운동의 전개 등 끊임없이 이어지는 경영 혁신 작업을 앞장 서 수행한 그는 스스로의 공부도 게을리하지 않는다.

늘 연구 노력하는 그가 이수한 여러 교육 과정들이 이를 잘 증명한다. 미국 코네티컷 대학에서 산업훈련과정(IPS)을 비롯해서 품질 관리 부차장 과정(KSA), IE 전문가 양성 과정(KMAC), VE

그 해 12월 김우중 회장이 대우그룹 임원 세미나에서 '관리 혁명'을 선포, 3년(1990~1992)에 걸친 의식 개혁·행동 개혁·전략 개혁 운동이 대대적으로 전개된다.

대우조선 내에 옥포연수원을 신설, 조직의 문제점을 현장에서 근본적으로 해결하고자 현장 생산성 혁신을 주도했던 것은 잘 알려진 이야기.

이 때 宋 상무는 옥포연수원장으로 재직하면서 현장 사원 45만 8,000명에게 교육을 실시, 그룹 재도약의 기회를 마련하는 데 큰 역할을 담당했다.

이 운동을 추진하는 과정에서 宋 상무는 그 방법론을 배우기 위해 일본에 있는 유수의 컨설팅 회사를 거의 다 방문해 봤다고.

이런 변화 과정 속에서 교육을 전담해 온 宋 상무는 대우의 10년사를 '변화와 혁신으로 점철된 성장사'라고 표현한다.

그가 맡고 있는 인력 개발의 조직을 보면 기획·관리자 교육·경영 혁신·국제화·21세기팀 등으로 구성되어 있다. 특별히 21세기팀을 구성하게 된 것은 교육으로서 21세기를 이끌어 갈 경영자 집단을 조기에 양성하기 위해서라고 한다.

대우는 작년부터 '세계 경영', '기술 대우'를 선언, 경영 혁신 운동을 21세기 초일류 기업 실현을

위한 국제 수준의 경쟁력 확보와 이익 창출·고객 만족을 위한 6대 혁신축(원가·기술·제품·품질·마케팅·서비스)을 중심으로 2,000년대를 향해 힘차게 내딛고 있다.

"일본 혼다에서는 신입 사원이 들어오면 그 사람의 이력서를 폐기한다고 합니다. 업무 능력과 퍼포먼스만으로 사람을 말해야 하기 때문입니다. 조직에서 부여되는 업무는 전공과 무관하게 스스로 전문성을 확보해 나가지 않으면 안 됩니다."

행정학을 전공한 그가 지금의 품질 교육과 맺게 된 인연을 이렇

게 설명한다.

1989년에는 한국표준협회와 공동으로 대우 CMT 통신 교육을 개발하여 시간과 경비가 수반되는 집합 교육의 단점을 보완하면서 중간 관리자의 능력을 효율적으로 개발하는 프로그램을 그룹 차원에서 제도화하기도 했다.

또한 1990년에는 그룹내 7개 회사가 통합 운영하는 대우그룹 공동직업훈련원을 옥포에 설립하여 효율적인 사업내 직업 훈련의 새로운 틀을 국내 최초로 만들기도 했으며, 고교 출신 현장 근로자를 위한 과정으로서 정규 대학 단

김 상무가 맡고 있는 인력 개발의 조직을 보면 기획·관리자 교육·경영 혁신·국제화·21세기팀 등으로 구성되어 있다. 특별히 21세기팀을 구성하게 된 것은 교육으로서 21세기를 이끌어 갈 경영자 집단을 조기에 양성하기 위해서라고 한다.

축 과정인 산업교육원을 기획·운영하기도 한 그는 이런 일련의 생산성 및 품질 향상 활동으로 1987년 한국표준협회로부터 '감사패'를 받고, 1992년 KMAC '경영혁신대상 특별공로상'을 수상하기도 했다.

10년 전 산업 교육의 태동기 때, 교육의 역할과 필요성을 조직 내에 인식시키고 확산하는 것이 무엇보다도 어려웠다는 宋 상무는 김우중 회장의 남다른 교육에 대한 열정과 집념이 대우의 힘의 원천이 되고 있다고 밝힌다.

그는 일상 업무를 하면서 이동 거리가 가장 긴 사람 중의 하나일

▲ 1987년 신설된 대우인력개발원에서는 공통된 가치관과 연대감을 갖는 대우 가족화 운동'을 통해 대우인을 만들어 가는 중요 산실이다.

일상 업무 처리 위한 이동 거리가 긴 사람
관리 혁명 시절 옥포·중앙 연수원을 매주 오가기도
서울·옥포 사이의 비행 거리만 7만 마일

거라고 자신을 표현한다.

연수원이 없을 때는 교육 장소 때문에, 관리 혁명 시절에는 옥포 연수원(2년 동안 매주 2박 3일)과 중앙연수원을 오가며 일을 해야 했다. 서울 옥포 간 비행 거리만도 7만 마일.

관리 혁명 교육 때는 그의 산실인 대우조선 현장에서 교육을 받아야 한다고 사원 이상 전 임원을 옥포로 불러 교육을 실시한다. 그것은 변하는 대우조선을 확인하라는 김우중 회장의 뜻이기도 하다.

대우의 임원 중 같은 일을 하면서 한 자리에 15년 동안 있는 것은 宋 상무 자신이 첫 케이스라고 밝힌다.

오래 근무한 데서 오는 어려움과 장·단점도 많다며, 항상 새로운 능력을 요구하는 만큼 어려움이 뒤따른다고 토로한다.

작업관을 '本立道生'에 두고 늘 최선을 다한다는 그는 '엄격한 완벽주의'를 고집한다. 업무 처리에 있어서 하나에서 열까지 체크하는 스타일인 그. 그래서 아랫사람들은 宋 상무만 보면 긴장한다.

그러나 함께 일하던 이들이 다른 부서에 가면 일 잘 하는 직원으로 꼽혀 흐뭇하기도 하다고. 가끔씩은 스스로 관리 스타일을 체크해 보기도 한다는 그의 리더십 스타일 진단 결과는 인간적 관리와 업무 관리의 비율이 3 : 7이라고 진단, 역시 업무 완벽주의자로 볼 만하다.

율관 선생이 인물평으로 짓고 써 준 '眞水無味'를 좌우명으로 삼고 사는 그는 고식적이지 않는, 온몸으로 체험하는 대우인으로 남고 싶다고 한다.

기업 교육은 항상 코스트와 베니피트를 동시에 보지 않으면 안 된다고 말하는 宋 상무는 대기업 중심으로 진행되고 있는 교육이 이제는 중소 기업과 산업계 전반에 걸친 교육으로 확대되어야 한다고 보며, 여력이 닿는 한 중소 기업 교육 지원에 적극 나설 계획이라 밝힌다.

부인 차옥자(48) 씨와 사이에 1남 1녀를 두고, 등산과 테니스를 즐기며, 가족과 대화의 시간을 갖는 자상한 아버지이기도 하다. 🔲

취재 · 박영순
사진 · 김명수

32.
여기에 남기고 싶은 이름들

부실기업 인수로 그룹이 확장되면서 그룹 전체의 동질화와 컨센서스 확립이 경영의 첨예한 현안이 되었다. 대우그룹은 1979년 3월 대우그룹 최초로 기획조정실에 교육연수부를 창설하고 부천연수원을 개원하여 그룹차원에서 '대우가족화운동'을 전개하였다.

1983년에는 내부혁신을 위한 '제2창업운동'을 전개했고 1985년에는 'STORM'85'라는 이름으로 제2차 경영혁신운동을 전개, 리비아, 미국, 영국 등 국내외 지사 및 사업장 순회교육을 단행하였다.

1982년에는 용인에 54만 평 규모의 대우인력개발단지를 확보하고 1987년 3월, 대우창업 20주년 기념사업으로 용인에 대우인력개발원이 준공되었다. 1990년에는 거제도 대우조선 현장에 옥포연수원을 설치하고 조선 불황에 따른 그룹의 위기극복을 위한 '관리혁명운동'을 전개하였다. 12,000명이 넘는 그룹의 대리급 이상 전원이 옥포까지 내려와 현장에서 위기관리교육을 받으면서 현장을 목격하고 재출발을 다짐했다. 3년간의 관리혁명운동으로 그룹의 위기는 극복되었다. 그리고 1993년 세계경영을 선포했다.

김우중 회장은 직원들과의 소통을 중시했다. 그룹의 현황과 비전을 함께 공유하고자 했으며 창조·도전·희생이라는 대우정신과 총수 자신의 열정과 희생적인 업무자세를 보여줌으로써 대우만의 독특한 희생적 기업문화를 정립해나갔다.

그 바쁜 와중에도 십수 년 동안 기조실의 모든 교육에 어김없이 참석하여 '회장과의 대화'를 가졌다. 출장 스케줄에 맞추다보니 대화시간은 자정을 넘기거나 새벽에 시작하기도 하였다. 대화를 마치고 공항으로 가거나 공항에서 오시는 경우도 다반사였다.

대우성장사는 이렇게 극적이고 긴박한 순간들의 점철이다. 이 소용돌이의 한가운데에 대우인력개발원이 있었다. 대우성장사는 인력개발원의 역사가 되었다. 김우중 회장은 일찍이 교육을 경영문제 해결의 전위조직으로 삼고 이를 경영 의사결정에 잘 활용한 최고경영자이다. 김 회장은 스스로를 인력개발원 총수로 자임했다. 이것은 산업사에서 초유의 일이었으며 곧 다른 많은 기업에도 전파되어갔다.

대우인력개발원의 역사 속에서 잊을 수 없는 이름들이 있다. 나와 함께 인력개발원을 만들고 지키고 동고동락했던 사람들이다. 1979년, 우리나라에 아직 산업교육이라는 개념이 생소했던 그 시절, 남들이 기피하는 고생스런 업무를 선택해주고 전문가로 가자는 내말을 믿어주고 그 긴 세월을 함께 고생했고, 밤낮없이 계속되는 업무로 가정을 희생했던 사람들, 격무로 유명을 달리한 사람들, 그래도 다른 보직을 탐하지 않고 묵묵히 자리를 지켜준 사람들, 이제는 우리나라 부동의 산업교육 전문가로 성장해준 사람들, 이 이름들이 나는 자랑스럽다.

수많은 직원들의 땀과 희생이 여기에 있었다. 격동의 시간들, 1979년부터 1996년까지 나와 함께 했던 사람들의 이름을 여기에 남기고 가슴에 새긴다. (2013. 6.)

* 사명감 하나로 대우인력개발원을
지키고 빛낸 사람들 *
(가나다 순)

고영우	권덕수	권동수	김만식	김영복	김영조	김용규
김인수	김정순	김종명	김진관	김찬수	김태용	김현겸
김현보	김희원	류경식	박민희	박왕규	박제영	박주용
박찬영	박찬영	박찬홍	박태준	배을규	백현산	서성권
서영철	서윤칠	선의관	성범식	손병륜	안승엽	양성구
염태선	윤정석	이만석	이상구	이상기	이세훈	이장복
이장훈	이종대	이철희	이태동	임종범	임형훈	조장현
정광희	정기복	정수도	정용훈	정해원	정해진	진상열
최경섭	최석무	최요섭	최태옥	하선수	하재문	함봉남
			현순종	황인하		

33.
대우 32년은 미완의 꿈이 아니다

이 글은 성공론이 아니다. 그렇다고 남들처럼 내용이 있는 화려하고 거창한 출세기도 아니다. 만난을 무릅쓰고 목표를 이룬 감동적인 고생담도 아니다. 그럼 왜 나는 이런 글을 쓰고자 했는가? 이글을 쓰면서 무엇을 얻고자 했는가?

한때 일본에서는 회사인간(會社人間)이라는 말이 유행했었다. 개발경제시대를 살아오면서 기업의 종사자로서 우리 모두는 회사인간으로 살아왔다. 회사생활이 삶의 전부였기 때문이다.

이 시대를 살아온 사람들이 겪었던 삶의 애환 속에는 수많은 스토리가 있을 것이다. 대우처럼 신데렐라처럼 나타나 신기루처럼 사라져버린 히스토리를 함께한 사람들에게는 오늘 이 시간까지도 쉽게 지워지지 않는 허망함과 안타까움이 남아있을 터이다.

무역을 하면서, 건설현장에서, 중공업 현장에서, 전자공장에서, 자동차공장에서, 조선현장에서, 화학, 금융, 섬유관련 회사들……. 열악한 환경에서 국내로 해외로 뛰어다니면서 얼마나 많은 사람들이 고생을 했는가? 세계의 오지에서, 아프리카에서, 중동의 사막에서, 무르만스크에서, 우크라이나에서, 콜롬비아에서, 얼마나 많은 사람들이 희생적인 삶을 살았는가?

일본 사람들은 추락하고 있는 비행기 속에서도 메모를 한다고 한다. 일본의 서점에 가보면 기업 종사자들이 업무를 수행하면서 겪었던 일과 추진 과정 등을 상세히 소개하는 책들이 많다. 생산라인의 관리자들까지도 책을 내고 있다.

그러나 우리에게는 남겨진 기록이 별로 없다. 그리고 대우인들은 침묵하고 있다. 희생을 자청했던 이야기들이 사라져가고 있는 것이 너무 안타까웠다. 나는 개발경제시대의 상징이기도 했던 대우에서, 그것도 인력개발 책임자로서 근무하면서 많은 상황을 공유할 수 있었고 많은 생각을 했었다. 그때마다 틈틈이 적어 놓았던 메모들이 모여서 이 책이 되었다.

대우인력개발원! 이곳에서 대우인들은 창조를 이야기했고, 도전과 희생을 다짐했으며, 미래의 희망을 이야기했다. 또한 이곳은 Change Agent로서 항상 변화의 중심에 있었다. 그리고 혁신과 혁명을 논했다. 이곳은 대우의 성장사와 맞물려 돌아간 격동의 현장이었던 셈이다.

대우인력개발원에서 일어난 일, 그래서 이곳은 비록 한정된 시각의 오류를 범할 수 있을지 모르지만 한편으로는 대우의 신화적 성장과 해체라는 우리나라 산업사의 비극적인 결말을 반추해 볼 수 있는 현장이기도 하다.

대우인력개발원의 역사를 되찾고 싶었다. 이렇게라도 정리하지 않으면 안 될 것 같았다. 그래야만 나 자신과 나와 함께 이곳을 거쳐간 많은 사람들이 위로를 받을 수 있을 것 같아서이다.

이제 이 모든 것은 역사의 뒤안길로 넘어간다.

우리 시대의 신선한 기업가정신과 Globalization의 선두주자였던 대우!

희생을 사훈으로 선택한 사람들!

대우 32년의 꿈은 미완의 꿈이 아니다. 그리고 이것은 결코 끝이 아니다. 창조·도전·희생을 사훈으로 선택한 사람들의 꿈은 지금도 대우 출신들, 그리고 대우를 사랑했던 많은 사람들의 뇌리 속에 남아 새로운 도전과 열정으로 현실과 맞서고 있을 것이다.

34.
아직도 대우인으로 산다

대우가 해체된 지 15년이 지났다. 대우하면 무엇이 생각날까?

자영업자와 화이트컬러들의 의견을 조사해볼 기회가 있었다. 대우하면 제일 먼저 김우중 회장이 생각난다고 했다. 다음에는 수출이 생각난다고 했다. 세계를 발로 뛰는 회사라는 생각이 나고 경기고등학교 출신들, 학벌이 좋은 사람들이 몰려있는 기업이라는 생각이 난다고 했다.

서울역 앞의 대우센터가 개발경제의 상징이었다는 생각이 나고, 직원들을 혹사시키는 회사라는 생각이 나고, 너무 빨리 성장한 회사라는 생각이 난다고도 했다. 정경유착으로 성장한 회사라는 생각이 나고, 대우자동차가 생각나고, 대우버스가 생각나고, 노사분규가 많은 회사라는 생각이 나고, 대우조선이 생각난다고 했다.

해외여행하면서 세계 곳곳에서 대우마크를 많이 보았던 생각이 나고, IMF가 생각이 나고, 분식회계가 생각나고, 김대중 정부와의 불화로 불운을 맞은 회사, 공적자금과 18조의 추징금이 생각난다고 했다. 그리고 열심히 일하다 망한 회사라는 생각이 난다고 했다.

세상 사람들이 대우에 대해서 이렇게 정확하게 알고 있다는 게 믿겨지지 않는다. 대우의 공과가 그대로 들어나고 있었다. 대부분의 사람들이 대우

문제에 대해서 아쉽고 잘못 처리되었다고 생각하고 있었다.

어떤 사람들은 대우가 재기할 수도 있지 않느냐고 희망을 피력한다. 마음만 먹으면 얼마든지 가능하지 않겠느냐고 말하기도 했고 대우가 재기하려 한다면 대우와 함께 협력했던 세계 여러 나라들이 기꺼이 도와주지 않겠느냐고 은근히 위로하는 사람도 있었다.

김우중 회장이 이미 70대 후반의 나이인데도 건강만 하면 무엇이 문제가 되겠느냐고 얘기한다. 그는 할 수 있는 사람이라고 그가 자신이나 되는 것처럼 힘주어 말하기도 했다.

이 설문결과를 취합하면서 나는 참으로 난감한, 난해한 느낌을 지울 수가 없었다. 대우에 대한 관심이 생각보다 크다는 것에 놀랐고 사람들의 머릿속에 대우의 명암이 극명하게 드러나 있었기 때문이다. 즐겁지도, 그렇다고 기분이 나쁜 것도 아니었다. 이것이 대우인들이 갖고 있는 솔직한 딜레마 일수도 있겠다 싶었다.

대우인들은 쉽게 절망할 사람들은 아니다. 우리는 쉽게 좌절해 본 일이 없고 어떤 어려움도 쉽게 포기한 일도 없다. 그러나 희생을 선택했던 대우인들의 자부심은 지금 치유되지 않은 상처로 남아있다.

열심히 일한 것을 도리어 죄를 지은 것처럼 비판하는 여론도 있다.

그러나 대우인들이 무엇을 생각하며 결국, 누구를 위하여 희생을 자청했는지 쉽게 예단할 문제는 아니다. 애사심이나 급여만으로는 설명이 되지 않는다. 또한 이러한 자발적 희생에 동의하지 않는 사람도 많을 것이다.

믿을지 모르지만, 이렇듯 대우인들의 기본의식과 삶의 방식은 시대적 상황이 만들어낸, 고도로 의식화된 철학적 산물이라고 설명하는 방법 밖에 없다.

최근에 대우세계경영연구회는 대우의 해외사업전문 인력을 규합하여 네트워크로 만들고 있다. 해외에 이미 10여개 지부가 생겨났다. 그들은 왕년의 노하우로 협력공간을 넓혀갈 것이다.

　대우정신으로 무장되고, 잘 훈련되고, 해외경험을 쌓은 전문화된 수많은 대우인들이 지금 우리나라 기업현장의 보이지 않는 곳곳에서, 세계시장의 곳곳에서 그들의 역량을 유감없이 발휘하고 있다.

　대우는 해체되었지만 대우인들은 이렇게 살아가고 있다. 우리에게는 대우의 자부심으로 살아가는 수많은 후배들이 남아 있다. 그들은 그들이 배웠던 나름의 방식으로 오늘을 살아갈 것이다. 대우는 사라졌지만 대우인들의 긍지는 이렇게 살아남아 그 생명력을 유지하고 있는 것이다. 대우인들은 지금 나라를 위해서 우리가 할 수 있는 일이 과연 무엇이 있을 가를 계속 고민하며 살아가고 있다. (2013. 7. 25.)

35.
그룹 연수원장 OB

1970년대 말에 들어와서 우리나라가 본격적으로 경제개발 과정으로 진입하면서 기업들은 인적 생산성 향상을 위한 사내교육을 시작하기 시작하였다. TWI, Workmanship Training, 감독자 교육 등 미국에서 2차 대전 이후 산업화시대에 이미 시행되었고 일본에서 이를 원용하여 시행하고 있던 소위 산업교육이라는 개념과 프로그램이 도입되기 시작했다.

산업교육이란 기업들이 학교 교육 프로그램에만 의존하지 않고 기업들이 자체의 교육시설을 가지고 기업에 실질적으로 필요한 지식과 기능, 기법을 교육하고 훈련하는 시스템을 말한다.

기업이 성장하면 조직이 비대화되고 따라서 생산성 향상과 효율이라는 문제가 제기되며 조직관리, 공동체 형성을 위한 가치설정, 경쟁력 배양, 인적능력 지속적 개발 등 계속교육 필요성이 대두가 된다.

삼성, 대우, 현대를 비롯한 우리나라 대기업들은 선진국 산업교육 시스템을 벤치마킹하고 1980년에 들어와서 자체 연수원 확보와 사내교육 체계를 경쟁적으로 수립하였고 기업 총수들도 산업교육의 중요성을 인식하고 인력개발을 위한 투자를 중시했다. 당시에는 대학에 경영전문대학이 생기기 전이었고, 산학협력을 통해서 기업교육이 학교교육을 선도하기도 했었던 시절이다.

이때 대기업 '연수원장 연합회'라는 게 있었다. 우리나라 공, 사기업을 망라한 모임이었는데 연수원장들의 정보 교류와 협력을 목적으로 구성되었다. 사실은 이 부문에서 앞서가고 있는 삼성, 대우의 정보가 그들의 주된 관심사이기도 했다.

그 당시 산업교육은 도입단계였고 산업교육 업무는 연구개발을 해야 하는 업무였기 때문에 경쟁사 간에도 정보교류가 활발했고 공동발전을 모색하던 시기였다. 돌아가면서 각 기업의 연수원을 방문하여 현황을 살피고 서로 배워가는 기회로 삼았다.

개발경제시대에 인력개발을 담당했던 사람들은 늘 선진기업과의 해외 정보와 교류에 주력했고 기업 내의 혁신활동 등 총수의 직접 지휘를 받으며 일을 했기 때문에 자부심이 강했었다.

경제의 급성장에 따라 필연적으로 대기업병 등 조직 내의 파행과 병폐, 부조화 현상이 발생하고 이를 개선하기 위한 일로 교육담당자들은 영일이 없이 지냈다.

지금은 HRD라고 해서 인적자원개발은 기업 경영의 핵심코어로 자리매김하고 있고 체계화되어 있으니 세상은 많이 변했다.

이 일에 17년간, 한 시기를 맡아서 업무를 한 사람은 우리나라에서 내가 유일한 경우일 것이다. 대우의 지칠 줄 모르는 성장 과정에서 위기관리 업무를 담당하다보니 어쩔 수 없었던 상황이었다.

개발경제시대를 치열하게 살았던 사람들이다.

한국능률협회장 김정열, 대우인력개발원 김문웅, 현대인력개발원 김진수, 엘지인화원 김국보, 벽산그룹 연수원 강병운, 기아그룹 연수원 조형도, 해태

그룹 연수원 정기주, 금호그룹 연수원 이강봉 원장 등 8명이 한 달에 한 번 만나 점심을 한다.

조직생활을 하면서 거쳐간 직책이었지만 만나 얘기해보면, 동질감도 강하고, 화두도 많고, 아직도 의욕이 넘치고, 다방면에 지식도 많은 사람들이어서 왕년의 관록을 느끼게 된다. 재미있는 모임이 되고 있다.

맨 앞줄 가운데가 KMA 김정렬 회장, 그 좌측이 엘지인화원 김국보 원장, 맨 오른쪽 끝이 현대그룹 김진수 원장, 그 좌측이 본인이고, 다시 좌측이 벽산그룹 강병운 원장이다.

엘지인화원 방문기념 1994

36.
기업의 로열티, 기업문화의 진실은?

네이버 지식백과의 풀이에 보면 기업문화(Corporate Culture)란 기업 등의 조직 구성원의 활동의 지침이 되는 행동규범을 창출하는 공유된 가치, 신념의 체계라고 정의하고 있다.

기업문화는 그 기업이 지향하는 목표에 대한 가치와 행동규범을 통해서 구성원에게 조직의 정체성을 정립시키며, 이를 바탕으로 한 조직의 이념이나 가치가 공유되고, 공감대가 형성되면 구성원 개인의 행동 가치나 기준이 정착되고, 결과적으로 구성원들의 일에 대한 열정과 헌신을 기대할 수 있는 로열티(Royalty)가 생성됨으로써 기업의 경쟁력이 여기에서 창출된다고 볼 수 있다.

기업에서 가장 중요한 요소는 종업원의 소속감이다. 다른 말로 하면 종업원의 소속감은 조직에 대한 자부심이다. 따라서 소속감은 일을 해야 하는 이유이며, 생산성의 원천이 되며, 자신에 대한 동기부여이며, 직무 만족이며, 로열티의 발로라고 할 수 있다.

그렇게 기업문화는 중요하다. 그렇다면 어떻게 기업문화를 만들 수 있는가? 종업원이 받아들일 수 있는 기업문화를 어떻게 만들어갈까? 이것은 다분히 감성의 세계다. 그래서 현란한 수사나 작위적으로 급조되는 기업문화는 의식화되기 어렵기 때문에 성공할 수 없다.

기업문화는 그 기업이 지향하고자 하는 이념이나 도달하려고 하는 목표 가치로서 전략적 개념에 속하는 사항이다. 따라서 기업문화는 그 기업의 경영이념으로 구체화되고 개념화됨으로써 종업원의 사고나 행동 기준에 영향을 미치게 된다.

기업문화는 그 기업의 창업정신과 역사와 더불어 일관되게 유지되어온 전통과 비전을 포괄하는 개념이며 대개는 창업자나 기업 총수의 경영철학이나 기업이념에 바탕이 두어진다.

그런 의미에서 창업자의 기업가정신은 기업문화의 요체이기도 하다. 대기업은 이러한 기업문화를 조직 내에 뿌리내리고 공유하기 위한 노력으로 사내교육을 활용한다. 의식화교육의 하나다.

최고경영자는 교육을 통해서 자신의 경영철학과 비전을 강조하고 지속적으로 주지시키는 노력을 해야 한다. 그래야만 소통이 이루어진다. 기업 총수 들이 그 바쁜 와중에도 반드시 교육에 참여하는 이유이다.

70~80년대 우리나라 경제개발시대 삼총사였던 삼성, 현대, 대우의 기업문화는 어떻게 달랐으며 어떤 길을 갔는지를 비교해보는 것은 재미있는 일일 것 같다.

삼성의 이병철 회장은 일본식 경영의 신봉자였다. 삼성의 롤모델은 일본의 마쓰시다 전기(松下)주식회사다. 전후 일본주식회사의 대표주자로 일본 전자산업의 상징이었으며, 창업자 마쓰시다 고노스께는 일본경영의 신(神)으로 추앙되는 인물이다. 교육을 받지 못하고, 가난했고 병약했던 마쓰시다 회장은 훗날 이 세 가지 악재가 내 인생의 경쟁력이었다고 회고하였다.

마쓰시다 전기는 규정을 중시하고 모든 업무를 매뉴얼을 만들었으며 합리성과 품질, 경영효율을 가장 중요한 가치로 여겼다. 사내 어디를 가도 청소가 잘되어 있고 정돈되어 있으며, 격조를 중시했고 행동은 절도 있고 명료하였으며 직원들의 복장은 항상 단정했다. 그리고 로열티를 중시했다. 일본식 정석경영이다.

삼성은 이런 마쓰시다의 기업문화를 학습하고자 했다. 삼성이 경영 과정에서 어려운 문제가 발생한 경우에는 마쓰시다에 달려가서 해결책을 알아올 정도로 마쓰시다의 경영시스템을 답습했다.

어쨌든 급여, 복지, 근무환경 등 최고를 지향하는 삼성 제일주의라는 기업문화는 오늘날의 글로벌 삼성이 가능하게 했던 기업정신이자 이념이었고 일본적 경영 방법이 한국에서 성공한 대표적 사례가 되었다.

우리나라 경제개발 시대는 건설시대이기도 했다. 국가 인프라구축과 산업기지, 도로 건설 등 전 국토가 건설현장이 되다시피 했던 시기였다. 이때 혜성처럼 등장한 사람이 정주영 회장이다.

정주영 회장은 정규교육을 받지 못하고 일찍이 가출하여 정미업, 자동차 정비업에 손을 대다가 현대건설을 창업하여 소규모 미군공사를 하면서 건설업을 키워온 인물이다. 경부고속도로 건설에 참여하면서 일약 최고의 건설 사업가로서 주목을 받게 된다.

정주영 회장은 불굴의 투지와 추진력, 강인한 체력, 사업가로서의 예리한 통찰과 안목을 고루 갖춘 기업인이다. 국토 건설과 함께 현대는 성장했고 이 시기에 국가에 크게 공헌하였다고 할 수 있다.

현대는 건설업을 모기업으로 성장했고 이 당시 건설업이라는 것은 시스템의 경영이 아닌 경험과 감에 의존한 현장 관리였으며 몸으로 때우는 물리적인 경영 방식이었다고 할 수 있다.

현대는 불도저식으로 밀어붙이며 돌관 작업을 하며 공기를 맞추는 속성에 강했다. 여기에 경영기술이나 시스템이 적용될 공간은 많지 않다. 말하자면 현대는 정주영 회장의 경영 방식에 의해서 성장한, 정형이 없는 한국적 경영의 대표적 사례라 할 수 있다.

개발경제시대에서 가장 절실했던 한 축은 수출이다. 외국자본은 당시 가망 없는 작은 분단국에 투자를 하지 않았다. 차관도 들여올 수도 없었다. 수출로 외화를 벌지 않으면 국가건설 재원도, 나라 살림도 불가능했다.

1967년, 30세 젊은 수출 전문가, 청년 김우중이 세상에 등장했다. 수출이 전무 했던 시절 김우중은 시선을 해외로 돌려 해외시장에서 살 길을 찾았다. 가발을 들고, 싸구려 와이셔츠를 들고, 트리코트 원단을 가지고 미국시장을 누볐다. 이렇게 우리나라 수출의 물꼬를 열었다. 이것이 우리나라 무역의 효시였다. 대우가 해체되어가던 1997년, 대우는 100억 불 수출탑을 최초로 수상한다.

김우중은 우리나라 최초로 정규교육을 받은 엘리트 기업인이었고, 미국시장에서 성장하였다. 자연스레 대우는 미국식 경영에 익숙한 Western Oriented 된 기업으로 성장했다. 수출이라는 업무는 수출 품목별로 일인 회사이기 때문에 능력을 중시했고 특히 일류대 엘리트를 선호하였다.

대우는 천의 아이디어를 요구했으며 Flexibility(유연성)를 기업 최고 가치로 규정하였다. 사업을 성사시키기 위해서는 정해진 규칙을 바꿀 수 있다는 적극적 사고와 변화를 추구했으며, 세상에 불가능은 없다는 가치관을 정립시켰다. 창조·도전·희생을 대우정신으로 설정했다. 회장을 비롯하여 모든 대우인들은 올가미도 없는 난마처럼 뛰었다. 개인의 능력은 최고도로 발휘되었고, 희생되었으며, 회사는 신화적인 성장을 했다.

창업 30년 만에 재계 2위를 달성했던 대우! 그러나 노마크로 일관한 김우중의 성장전략은 관리시스템이 감당할 수 있는 한계를 넘어버렸고, Span Of Control이 안 되면서 IMF라는 파고를 넘지 못하고 침몰하고 말았다. 수출지상주의에 내몰렸던 개발경제시대에 해외시장에서 살아남기 위해 무리하게 몸집을 불려야 했던 대우는 끝내 개발경제시대의 희생양이 되어버렸던 것이다.

미국의 GM, IBM, GE 등 대표적인 기업들은 각기 고유의 기업문화를 가지고 거대기업을 이끌어간다. 기업의 경쟁력이 거기서 나온다. 우량한 기업문화는 기업의 원동력이며 성공 요건이기도 하다.

그렇다면 개발경제시대로부터 30년이 지난 지금 한국의 Big3는 어떻게 되어있는가? 일본식 경영에 충실했던 삼성은 글로벌 기업으로 성공하고 있다. 개발경제시대의 총아였던 현대건설은 IMF를 겪으면서 공적자금으로 겨우 회생하여 겨우 명맥을 유지하고 있고, 잘나가던 대우는 정치적인 빅딜에 휘말리면서 그룹 해체라는 비운을 맞았다.

어떤 기업문화가 우량한 기업문화인가 하는 것은 아직 미완의 숙제이다. 하지만 분명한 것은 "Back To The Basic"이라는 초심을 잘 지킨 기업은 살아남고, 이것을 경시한 기업은 사라진다는 것이 산업사의 진실이 아닌가 한다.

사람이나 기업이나 결국은 자만하지 않고 겸손해야 뜻을 이루고, 100년 기업으로 장수하는 것이다. 이것은 사람이나 기업이나 같은 유기체의 숙명이며 피할 수 없는 우주의 섭리일 것이다. (2012. 6. 19/한강포럼 회보)

37.
인도 타타그룹, 150년 기업문화의 비밀!

　1868년 하면 우선 일본의 명치유신이 생각난다. 이 해에 일어난 명치유신이 한국과 일본의 역사를 가르는 분기점이 되었다는 주장에 일리가 있다는 생각을 평소에 나는 하고 있다.

　그런데 인도의 거대 재벌기업인 타타그룹이 1868년에 설립되었다고 하니 올해로 145년 전일이다. 1990년대에 "기업수명 30년설"이 컨설팅 업계를 풍미했던 것을 생각해보면 145년 기업 역사는 그 자체로 대단한 성공기업임을 말해주고 있다.

　대우가 해체되고 계열사가 뿔뿔이 매각되던 때 군산에 있던 대우자동차 상용차 부문을 인도의 타타그룹이 인수한다고 해서 타타를 처음 알게 되었지만 생경하게 느꼈던 기억이 있다.

　Corporate Culture를 얘기할 때는 흔히 미국의 GE나 IBM, 3M이나 일본의 마쓰시다나 혼다를 떠올리게 되고 근래에 와서는 스티브잡스와 함께 애플의 성공신화가 독특한 기업문화로 많은 얘기가 된다.

　기업문화의 연구에 관심이 있는 나로서는 140년 장수기업, 타타의 숨은 기업문화의 비밀이 무엇인지 궁금해졌다.

　타타그룹은 1868년 잠셋지 나사르완지 타타(Jamsetji Nasarwanji Tata)에 의해 세워진 기업 집단이다. 1872년 면직 공장을 세웠고 일본과 중국, 유럽, 미국 등에 지점을 냈으며 1901년 최초로 대규모 제철소를 지었고 1932년 타타항공을 세웠다. 1950년대 말 타타그룹은 이미 인도 최대의 기업집단이 됐다.

2004년 계열회사인 타타모터스는 대우자동차 상용차 부문을 인수한 뒤 '타타대우상용차'를 공식 출범시켰으며, 2008년에는 '영국의 자존심'으로 불리는 재규어와 랜드로버를 사들이기도 했다.

타타그룹은 철강, 통신, 전자, 화학, 식품, 호텔 등 8개 분야에 산하에 110개의 기업을 거느리고 있으며, 매출은 인도 국내총생산(GDP)의 약 6%에 이른다. 또한 타타그룹은 2011년 인도 기업 최초로 1,000억 달러 매출을 돌파하였으며 전 세계 80개국 이상에서 45만 명을 고용하고 있는 거대기업집단이다.

그렇다면 타타그룹의 기업문화의 비결은 무엇인가? 어떻게 존경받는 기업으로 국민의 지지를 오랫동안 받고 있는가? 또한 기업문화의 요체가 되는 오너의 기업가정신은 어떠한가? 오너의 경영철학과 종업원의 가치관은 어떻게 상호작용을 하여 어떤 조직문화를 형성하고 있는가?

이것을 밝혀보자는 것이 이 글을 쓰는 작은 이유이다. 기업 성공의 이면에는 반드시 나름의 고유한 기업문화가 창출되고 정형화되어 있는 게 기업문화의 진실이기 때문이다.

타타그룹에서 가장 중요시되는 말은 "약속은 약속이다"라는 것이다. 타타그룹은 '약속을 지키는 기업'이라는 신조를 갖고 있다. 세상을 향한 이 신뢰경영 선언은 타타 기업문화의 골간을 이룬다.

첫째, 라탄 회장은 창업자의 증손자로서 초등학교 때 롤스로이스 최고급 승용차로 등, 하교를 할 정도로 부유한 환경에서 자랐지만 회장이 되기 20

년 전부터 평범한 아파트에서 살았고 출퇴근용 차량은 자사 생산승용차 Indigo를 이용할 정도로 검소한 생활을 즐겼다.

평생 독신으로 살면서 술, 담배, 골프를 하지 않고 새로운 도전에 목숨을 걸고 일에만 몰두한 워크홀릭이었다.

둘째, 그는 기업인이지만 부를 축적하기보다는 사회적 약자에게 부를 창출해 이로 인한 행복을 보는 것, 즉 인도인의 삶의 질을 높이는 것을 소명으로 생각한 사람이었다.

철강공장을 설립 할 때는 직접적 관련도 없고 법적책임이 없는데도 도시와 주변 환경을 정비하여 기업과 사회를 분리해서 보지 않았으며, 기업의 이익은 사회에 환원되어야 한다는 믿음으로 그룹 순이익의 4%를 사회발전 부문에 지원하였다.

셋째, 기업 경영의 원칙을 신뢰에 두었다. 회사 직원에 대한 신뢰를 중시했고, 직원은 고객에 대한 신뢰를 유지해야 지속적인 성장이 가능하다고 보았다. 수익률보다 기업의 가치관과 윤리의식 시민에 대한 책임감을 소중히 여겼다.

넷째, '사회로부터 받은 것은 사회로 환원한다'는 창업주의 철학 아래 직원과 협력업체, 고객, 국가, 사회를 위해 최선을 다한다. 직원의 복리후생, 빈민구제사업, 협력업체와 상생, 인재양성, 이익금의 사회 환원 등 기업의 사회적 책임을 일관되게 실천했다.

다섯째, 타타그룹 자산의 3분의 2(66%)를 타타가문이 출자한 자선단체가 소유케 함으로써 돈을 벌면 벌수록 이익금이 자선단체 즉 국민에게 돌아가는 특별한 시스템을 구축해 놓았다.

여섯째, 신뢰 경영의 실천이다. 2008년 11월 26일, 인도 뭄바이에 있는 타지마할 호텔에서 일어난 최악의 테러사건으로 희생된 12명의 희생자에게 타타그룹은 당시로서는 상상하기 힘든 파격적인 보상을 함으로써 신뢰 경영을 실천했다. 이를 통해서 직원들은 리더에 대한 신뢰를 확인하고 주인의식을 다지는 계기가 되었다.

일곱째, 2002년에는 인도를 뒤흔든 회계부정사건이 일어났다. 계열 금융회사인 타타화이낸스가 연루되었다. 자체감사 결과 내부자 거래와 분식회계 등 비리를 발견했을 때 한 치의 망설임도 없이 당국에 고발했으며, 그 결과 회사는 파산하고 엄청난 손실을 입었다.

이렇게 모든 손실을 감수하면서까지 부정에 엄격하고 책임을 자청한 리더의 결정은 기업문화의 버팀목이 되는 것이다. 정직과 용기, 신뢰, 존경, 이것이야말로 타타그룹의 숨은 기업문화의 비밀이었다.

여덟째, 타타는 정치권이나 언론 법조계 등 소위 힘이 있는 세력과 유착하지 않고, 검은 돈과는 타협이나 거래를 하지 않으며 기업 본연의 책무에 충실하였다.

타타는 최근 세계적으로 각광받는 '깨어있는 자본주의(Concious Capitalism)'을 실천해온 모범적 사례라 할 수 있다. 깨어 있는 자본주의란 기업의 이해당사자인 주주와 고객, 직원, 협력업체 사회 등 모두를 배려하고 공존 공영하는 기업을 말한다. 주주에만 신경 쓰면서 단기적 이윤을 목적으로 하는 '주주자본주의'를 일찍이 배격한 것이다.

이렇게 타타는 기업의 사회적 책임을 충실히 수행하면서도 인도 최고의 기업으로 100년 넘게 자리를 지키고 있다. 1991년 23억 달러였던 그룹 매출은 2011년 1000억 달러로 43배 성장했으며 순이익은 51배 급증하였다.

타타그룹의 성공 요인은 위험을 무릅쓰는 기업가정신과 부단한 기업혁신 노력, 리더의 솔선수범과 절제된 생활, 군림하지 않는 기업문화, 신뢰의 경영, 노동자, 협력업체와의 상생경영 등이 기업문화로 정착이 되었고, 이러한 경영주의 철학과 신념은 조직 전체에 컨센서스가 되고 종업원의 자부심으로 형성되면서 조직구성원의 내재적인 동기부여가 됨으로써 지속적 발전의 동력이 되었다고 할 수 있을 것이다.

요즘 한국에서는 경제민주화가 화두가 되고 있다. 기업의 사회적 책임이 강조되고 있다. 많은 부분에서 준범이 될 수밖에 없고 성찰이 이루어져야 한다. 한국의 재벌들, 갈 길이 멀다. 그러나 세계시장에서 경쟁하면서 성장하고 있는 한국의 대기업들도 생각이야 없지 않겠지만 당장은 살아남기 위해서 몸부림을 하는 처지에 내몰려 있는 것도 사실이다.

세월이 가면 우리에게도 타타 같은 100년 기업이 반드시 나올 것이고, 그때가면 그들의 기업문화도 얘기하게 될 것이라고 믿는다. 지금의 기업 연륜으로는 아직 빠르지 않겠느냐고 자위하고 싶을 뿐이다. (2013. 3. 10.)

38.
실패를 권장하는 창조적 혁신 기업문화, 3M

오래전에 미국 중북부 Minnesota, St. Paul에 있는 3M을 방문할 기회가 있었다. 나는 평소에 대우의 기업문화와 3M의 기업문화가 닮았다는 생각을 하고 있었다. 왜냐하면 3M의 창업과정이 대우와 유사했고 또 대우가 창조성과 개인의 아이디어를 중시하고 각자가 필요하다고 생각하는 일들을 비교적 자유롭게 벌일 수 있는 사내분위기가 있었다는 점에서 3M과 닮은 점이 있었기 때문이다.

그래서 벼르던 끝에 지사장의 안내를 받아 3M을 가보게 되었다. 3M은 1902년 5명의 평범한 개인들이 각각 1천 달러씩 출자를 해 사업을 시작하였고 이후 수많은 제품들을 개발, 인간의 삶의 질 향상에 기여하면서 20세기가 끝나기도 전에 세계 80위권의 우량 기업으로 성장했다.

3M이 공급하고 있는 제품군은 55,000개에 이르며 2010년 기준 총매출액은 266억 3천만 달러에 이른다. 영국의 "파이낸셜 타임즈"는 '세계에서 가장 존경 받는 50대 기업'으로 선정하였고 스탠포드 경영대학원의 제임스 콜린스 교수는 만약 향후 50년 내지 100년 동안 지속적으로 성공을 유지할 수 있는 적응력을 확실히 갖춘 유일한 기업은 3M이라고 말하고 있다.

그렇다면 3M의 경쟁력은 무엇인가? 3M의 기업문화의 비밀은 어디에 있는 것인가? 상식적인 테두리 안에서 문제의 핵심을 짚어보자.

혁신과 연구 정신을 중요시하는 3M의 독특한 기업문화는 3M의 대부(代父)라고 일컫는 윌리엄 맥나이트(William L. McKnight)가 만들어냈다. 맥나이트는 회사가 창립된 지 5년 후인 1907년에 경리 보조로 입사하여 1929년에 사장이 되었고, 1949년부터 1966년까지 이사회 의장직을 맡은 입지전적인 인물이다.

"아무 일도 하지 않는 것보다 무엇이든지 하고 실패하는 것이 더 낫다" 이 말은 실패를 용인하고 창의성을 중시하는 3M의 기업문화를 단적으로 나타낸다. 실패는 언제나 따르게 마련이다. 그 사람이 기본적으로 옳은 일을 하고 있다면 그가 범한 실패는 장기적으로 심각한 문제가 아니다. 오히려 실패를 허용하지 않고 실패에 대해 파괴적인 비판을 하는 경영은 주도성을 죽여 버린다.

"많은 실수가 발생할 것이다. 그러나 그 직원이 전적으로 옳다면, 그가 행한 실수는 장기적으로 볼 때, 경영진이 모든 권한을 장악해서 그들에게 이렇게 해라 저렇게 해라 강요해서 발생하게 될 실수보다 미미한 수준일 것이다." 라고 그는 강조한다.

3M은 그 유명한 '15% 원칙'을 시행하고 있다. 직원이 본인의 고유 업무 이외에 자신이 관심을 갖는 분야에 근무시간의 15%를 쓸 수 있도록 한 것이다. 이렇게 15%의 근무 시간 동안 나름대로 원하는 프로젝트를 진행할 수 있고 이 때 연구 활동에 대해서는 상급자의 허락을 받지 않아도 된다. 상사가 중지하라고 한 연구도 비밀리에 진행할 수 있다. 물론 이 사실을 상사가 알더라도 모르는 척 하는 것이 관례로 되어있을 정도이다.

3M에서는 상사 몰래 진행하는 프로젝트를 '부트레깅'이라고 부른다. 부

트레깅(bootlegging)이란 1930년대 미국의 금주법이 실시되고 있던 시절에 밀주(密酒)를 제조해 판매하던 데 기원을 두고 있다. "술병을 장화(Boot) 목 (Leg)에 몰래 숨겨서 가지고 다닌다." 라는 뜻이다. 많은 경영학자들은 이 부트레깅 정책을 혁신의 대명사인 지금의 3M을 만든 최고의 정책이라고 평 가하고 있다.

실패를 두려워하지 않는다. 실패를 거듭해야 성공할 수 있다. 세상에 쓸 모없는 아이디어는 하나도 없다. 혁신의 성공여부는 회사가 결정하는 것이 아니라 소비자가 결정한다. 이것이 맥나이트의 원칙이다. 그래서 3M은 60% 의 실패를 용인하는 기업으로 유명해졌다.

3M을 방문했을 때 직원해외파견 사례를 브리핑 받고 다소 의아해 했던 기억이 있다. 상당수의 대리급 직원들을 세계 여러 나라에 조건 없이 3년 이상을 파견한다는 것이다. 현지화 전략이겠지만 비용효과를 강조하는 우 리네 기업들과는 차원이 달랐다.

3M은 지난 100여 년 동안 6만 여종의 신제품을 시판했고 매년 200 여종 의 신제품을 발표하고 있으며 신제품의 매출비중을 중요한 관리지표의 하 나로 활용하고 있다.

이른바 '10% 원칙'이다. 최근 1년 이내에 개발된 신제품의 매출이 전체 매 출의 10%가 되어야 한다는 것이다. 또 '30% 원칙'은 총 매출의 30%를 최근 4년 이내에 출시한 신제품이 내야 하는 것을 말한다. 즉, 신제품을 끊임없 이 출시하지 않으면 이러한 10% 원칙, 30% 원칙은 지킬 수 없다.

3M의 키워드는 Creativity 와 Innovation이다.

이러한 창조와 혁신이 3M의 기업문화이다. 이것이 기업문화로 정착되어 경영자원이 되기까지는 오랜 기간에 걸쳐 회사 최고경영자가 이러한 조직문화를 전파하고 유지하기 위해 많은 주의와, 일관되고 끊임없는 노력을 기울인 결과라는 것을 우리는 유념해야 할 것이다.

최고경영자의 Thinking과 Attitude는 그 자체로 회사의 가치관이 되며 모든 최고경영자는 그 조직의 Moral Discipline(도덕적 규율)이 된다. 선진 기업 CEO는 기업문화에 최우선적 가치를 두고 회사를 경영한다. 경쟁력의 원천이기 때문이다. 모든 최고경영자는 기업문화의 창조자이며, 전달자라는 무거운 책임과 역할을 잊지 말아야 할 일이다.

39.
다시 생각하는 섬김의 리더십(Servant Leadership)

해묵은 얘기지만 섬김의 리더십(Servant Leadership)이란 어떤 것인가?

섬김의 리더십은 1977년 미국 AT&T에서 경영개발과 교육을 담당하던 그린리프(Robert K, Greenleaf)에 의해서 제창된 리더십 이론으로 알려져 있다.

지식백과에 보면 섬김의 리더란 타인을 위한 봉사에 초점을 두고 종업원과 고객의 커뮤니티를 우선으로 그들의 욕구를 만족시키기 위해 헌신하는 리더를 말한다고 되어 있다.

리더는 단지 이끌어야(lead) 한다는 기존 관념을 뛰어넘어 먼저 섬겨야(serve first) 진정한 리더라고 그린리프는 강조한다. Greenleaf는 은퇴 후 '그린리프연구센터'를 설립하여 서번트 리더십 연구에 일생을 바쳤으며 12년간 세계적인 컨설턴트로 역량을 발휘하고 1990년에 타계하였다. 최근에 와서 부각되는 팀제조직, 고객에 대한 서비스, 기업의 봉사정신, 권한이양 등의 개념을 그는 30년 전부터 주장하였다.

테일러가 강조했던 과학적 관리, 즉, 테일러시스템은 단지 출발점에 지나지 않으며 조직의 궁극적인 목표는 '봉사', '만족', '상호성장'에 있음을 이미 이해하고 있었던 것이다.

우리나라도 개발경제시대에는 기업에게 개척자정신이 요구되었고, 리더의 덕목은 카리스마와 함께 Strong Leadership이 대세였지만 20세기 후반에 들어서면서 Soft Leadership이 '세상을 바꾸는 부드러운 힘'이라는 생각으로 변화하였다. 2006년에 그린리프의 책이 출간되면서 본격적으로 기업마다 서번트 리더십이 새로운 기업문화로 자리매김하게 되었다.

"리더가 되려면 그들의 하인이 되어라" 이슬람 경전에 나오는 말이다. 역사적으로 거슬러 올라가면 이러한 개념은 고대에서도 발견된다. BC 4세기에 Chanakya는 이미 그의 책 『Arthashastra』에서 "왕(리더)은 그 자신이 즐기는 것보다 그를 따르는 사람들이 즐기는 것을 먼저 고려해야 한다."고 기록하고 있다.

그보다 더 오래전에 중국의 노자는 말했다. "사람들을 이끈다는 것은 그들을 따르는 것이다"라고.

15세기 조선의 기적을 이룬 세종대왕은 진정한 섬김의 리더였다. 세종은 우선 소통하는 리더였다. 그의 즉위 첫 마디는 "의논하는 정치를 하겠노라"였다. 그리고 세종은 스스로 자제하고 헌신하는 리더였다. "임금은 백성을 위하여 존재하며 단 한 명의 백성이라도 하늘처럼 섬기고 받들어라"라고 언명했다. 또한 세종은 끝까지 존중하고 설득하는 리더였다.

세종이 이룩한 모든 업적은 반대자들과의 격렬한 토론과 설득 속에서 합의와 결정으로 이루어진 것들이었다. 위대한 섬김의 리더십이라고 할만하다.

리더가 한 번쯤 생각해봐야 할 대목 중에 불교의 〈잡아함경〉에 나오는 사섭법((四攝法))이라는 게 있다. 이것은 중생을 제도할 때에 취하는 네 가지 기본적인 실천 방법을 말하는데 여기서 '섭(攝)'이란 '마음으로 끌어안음'이다.

첫째는 보시((布施))다. 모든 걸 기꺼이 베풀어 주는 일이다. 둘째는 애어(愛

語)로서 사람들에게 항상 따뜻한 얼굴과 부드러운 말을 하는 일이며, 셋째는 이행(利行)이다. 선행으로 사람들에게 이익을 주는 일이며, 넷째는 동사(同事)로 자타가 일심동체가 되어 협력하는 일을 뜻한다. 석가모니의 섬김의 가르침이 아닐까 싶다.

또한 공자는 일찍이 지도자의 덕목을 '온량공검양(溫良恭儉讓)' 등 다섯 가지로 요약했는데 온화하고(溫), 어질고(良), 공경하고(恭), 검소하고(儉), 겸양(讓)의 인격을 가져야 한다고 했다.

오래전부터 "Management based on Jesus Christ"에 관하여 연구하는 사람들이 많다. 성경에 드러나 있는 예수그리스도의 낮은 리더십이 섬김 리더십의 전형으로 강조되고 있는 것이다.

예수는 섬김의 리더십의 온전한 모습으로 이 땅에 오셔서 병들고 가난한, 고난받는 자들에게 사랑의 실천자가 되셨다. 그는 하느님을 향한 절대적인 복종을 자신의 모습으로 받아들였고, 그리고 자기의 겸손을 통해서 우리에게 종의 모습을 보여주셨다. 당시에는 파격적인 일이었음에도 불구하고 예수는 손수 제자의 발을 씻기심으로써 자신이 섬기러 오셨음을 몸소 보여주셨다.

결국 예수의 리더십의 특징은 개인을 향한 긍휼과 사랑과 관용과 섬김이라 말할 수 있다. 인간을 향한 무한한 사랑과 용서가 예수그리스도의 섬김 리더십의 가장 기본일 것이다.

조선 최고의 거상이었던 임상옥! 넘치는 건 모자람보다 못한 것이라는 걸 보여주는 계영배의 비밀! 돈과 명예와 권력을 동시에 탐해서는 안 된다는 솥 다리의 비밀! "장사는 이윤을 남기는 게 아니고 사람을 남기는 것"이

라는 임상옥의 철학도 우리가 새삼 새겨야 할 섬김의 리더십 전형이라 할
만하다.

그렇다면 서번트 리더가 가져야 할 십계명은 과연 무엇일까?

그린리프연구센터에서 제시하고 있는 리더의 조건이다.

1. **경청(Listening)이다.**

   아랫사람에 대한 존중과 수용적인 태도이다. 적극적으로 의견을 들
   어 그들의 욕구를 이해한다.

2. **공감(Empathy)이다.**

   단순한 경청을 넘어 아랫사람의 속마음을 깊이 이해한다.

3. **치유(Healing)다.**

   아랫사람을 보살피고 필요한 도움을 준다.

4. **스튜어드십(Stewardship)이다**

   아랫사람을 위해 기꺼이 한정된 자원을 관리, 배분한다.

5. **성장견인(Commitment to the growth of people)이다.**

   아랫사람의 정신적, 지적, 기술적, 경제적, 성장을 위해 그들이 전문
   분야에서 발전할 수 있도록 기회와 자원을 제공한다.

6. **공동체 형성(Building Community)이다.**

   함께하는 사람들이 서로에게 '봉사하는' 진정한 의미의 공동체를 만
   들어간다.

2000년 이후 세상은 많이 변했다. 최근에는 경영도 재미가 있어야 하고
기업에서는 종업원들의 자발적인 의욕을 끌어내고자 하는 갖가지 방법이

경쟁적으로 개발되고 있다. 그야말로 감성경영, Fun경영의 시대다.

이제 강성리더십은 개발경제시대의 유물이 되었고 용도 폐기되었다.

Soft 리더십이 대세다. 기업인들은 모름지기 이런 다양한 성현들의 가르침을 간과해서는 안 될 것이다.

"당신이 다른 사람에게 최선을 다할 때 그들에게서 최대를 얻을 수 있다"

112년 역사를 자랑하는 세계 최대 타이어 그룹, 헨리파이어스톤의 말에 깊은 시사가 있다. (2011. 8. 10.)

40.
완벽주의자, 장애인가? 허물인가?

완벽주의자는 어떤 사람인가? 사전을 찾아보니 완벽주의자란 "모든 일을 다 완벽하게 해내야 된다고 생각하는 사람"이라고 되어있다. 완벽주의자는 자기 안에 '가혹한 우상'을 가진 사람이라고 할 수 있다.

완벽주의자는 어쩌면 자신이 세우거나 사회가 부과하는 비현실적인 기준 앞에서 늘 시달리고 지치면서 살아가는 사람이다. 가끔은 주위사람들을 자신의 지나친 기준으로 강요하고, 괴롭혀(?) 부자연스런 상황에 부딪히는 경우도 있다.

완벽주의자는 일반적으로 자신과 자신을 둘러싼 세상을 더 낫게 만들고, 삶을 올바르게 살아가려는 강한 욕구에 의해 행동하는 성향이 있다. 최상의 상태에 있을 때는 완벽주의자들은 매우 윤리적이고, 믿을만하고, 생산적이고, 현명하고, 공정하고 정직하다.

하지만 최악의 상태에서는 이들은 가혹하게 남의 책임을 판단하려 들고, 잘못에 너그럽지 못하며, 원리원칙에 얽매어 융통성이 없고, 강박관념과 충동에 시달리고, 걱정이 많고, 질투심이 강한 성향을 나타낸다.

인류의 문명사에서 역사를 바꾼 사람 중에 완벽주의나 조증(Mania)과 같은 강박관념의 소유자가 많다. 조증 환자의 상상작용은 격렬한 사고들의 끊임없는 분출과 변화에 의해서 이루어진다. 흔히 성공한 미국 기업인 들은 살짝 미쳤다고 말하지 않는가. 역사란 무모하기만한 열정과 비이성적인 자신감, 조증과 일종의 광기에 가까운 이들의 도전에 우연이 더해진 결과라고 할 수 있다.

마젤란과 로버트 스콧, 발보아 같은 탐험가가 그랬고 대문호 괴테와 톨스토이, 발자크와 작곡가 헨델 역시 마찬가지 성향이 있었다.

독재자 히틀러의 과대망상과 조증, 편집병적인 격노 등은 매독으로 인한 말기증상이라는 설이 있으나 그 역시 완벽주의자의 유형에 속한다고 할 수 있다.

완벽주의자의 좋은 점은 자기 단련이 잘 되어 있어 많은 것을 성취할 수 있으며 이성적이고 책임감이 있고 모든 일에 헌신적이다. 또한 종합적인 사고를 하고, 이해를 잘 하며 현명한 해결책을 잘 생각해낸다.

그리고 늘 나 자신과 다른 사람들 안에서 최상의 모습을 끌어내려고 노력한다. 세상을 더 나은 곳으로 만들기 위해서 열심히 일하는 사람들이기도 하다.

그러나 완벽주의자의 좋지 않은 점은 자기 기대에 못 미칠 때, 나 자신과 다른 사람에 대해 쉽게 실망하는 경향이 있으며 책임져야 할 많은 일들로 인해 지나친 부담을 느낀다. 또한 자신이 한 일에 대해서 충분히 만족할 만하다고 쉽게 생각하지 못한다.

내가 다른 사람들에게 행한 것을 제대로 인정하려고 하지 않고, 다른 사람들이 나 만큼 노력하지 않는다는 것에 대해 늘 불만이다. 편집적으로 과거에 내가 했던 일 혹은 앞으로 내가 해야 할 일에 지나치게 사로 잡혀 있다. 늘 긴장되어 있고, 걱정에 휩싸여 있거나 사물을 지나칠 정도로 심각하게 생각하기도 한다.

자신이 완벽주의자라고 생각하는 사람들 대부분은 이러한 통제되지 않는 강박관념(?)에서 벗어나야 한다고 생각하고, 심하면 심리적인 고통을 클리닉(Clinic)에 호소하는 경우가 있으니 그런 점에서는 치료가 필요한 정신적인 장애임에 틀림이 없는 지도 모른다.

이러한 완벽주의적 사고방식과 비이성적인 집착은 개인의 성장환경, 사회문화적, 심리적인 측면에서, 경우에 따라서는 영적차원으로 거슬러 올라가 그 원인이 규명될 수 있는 문제인지도 모른다.

그런데 평범한 나 역시도 못 말리는 성격 중에 완벽주의 증상이 있다.

모든 걸 완벽하게 끝냈을 때 큰 희열을 느끼며 거기에 도달하기까지는 무던히 자신을 괴롭히기도 한다.

현업에서 조직생활을 할 때 사소한 일도 완벽하게 하기위해서 무던히 애를 쓴 적이 있다. 나는 주로 대 그룹의 기획조정실에 근무했는데 기업의 경우에는 속성상 늘 위기의식을 갖고 조직을 관리하기 때문에 교육이나, 경영혁신 등 경영의 위기상황을 극복하기위한 대책을 항상 고민하고, 개선책을 제안하고, 이를 실행하기 위한 Action Plan을 수립하고 진행을 하는 일이 일상화 되어있다.

조직의 속성상 경쟁사회에서 평가를 받기 위해서는 모두가 최선을 다하게 되어있지만 이런 일련의 과정에서 사소한 실수도 없이 일을 완벽하게 한다는 것은 대단히 어렵고 피곤한 일이다.

나의 경우는 다분히 운명적인 측면도 있다. 그룹회장과 직접 상대하며 일을 처리해야했던 근무환경이 그런 내 성격을 부추긴 결과가 되었다. 나는 업무의 성질상 365일을 행사에 매달려 살았다.

총수를 모시고 하는 행사인 만큼 실수는 개인적으로는 생존의 문제이고 행사에 참가하고 있는 사람에게도 실수가 용납되지 않는 이중의 평가 속에서 일을 해야 했다. 나는 십수 년 동안 이런 일들을 거의 대과없이 완수해내었다. 그 덕에 그럭저럭 무탈한 직장인 생활을 했다.

그런데 이 경우 완벽지상주의는 결과적으로 조직에 폐해를 남기기도 한다. 우선 구성원의 실수를 용납하지 않는 잘못을 범하게 되고, 지나친 경계심으로 부하에 일을 맡기지 못해서 요즘 조직문화에서 중요시 되는 Empowering에 미흡했을 뿐만 아니라 능력에 부치는 부하에게 기회를 주면서 분발하도록 다독이는 인정에 소홀한 우를 범하게 된다.

사실 이것은 조직관리 원론에 전혀 부합하지 않는 일이다.

3M은 사원들에게 60%의 실패율을 허용함으로서 창의성을 강조하는 기업으로 유명하다. 실수나 실패를 두려워해서는 창의력을 발휘할 수가 없다.

따라서 이런 잘못은 조직원의 사기와 성취동기를 저하시키고 조직의 Vitality를 떨어뜨리는 원인이 되며 부하의 육성도 기대할 수 없게 된다.

오랜 직장생활을 하는 동안 부지불식간에 나는 기대에 걸 맞는 뛰어난 부하직원들만을 선호하는 잘못된 습관이 생겨났으며 이런 습성은 사회생활을 하면서도 모든 사람들을 겉으로 들어난 획일적인 능력 위주로 판단하게 되는 오류를 범하기도 했다.

이런 습성은 친교에도 장애를 가져왔는데 친구들 간에도 지적 유사성이 없거나 관심사항들이 다른 사람들과의 대화를 피곤하게 느끼며 흥미가 없는 자리는 가급적 피하는 나쁜 버릇이 생겨나기도 했다.

옛 말에도 맑은 물에는 고기가 살지 못하고 너무 완벽한 사람은 존경의 대상은 되어도 고독을 면키 어렵다는 말이 있다.

논어의 이인편(里仁篇)에도 德不孤 必有隣(덕이 있으면 외롭지 않고 따르는 이웃이 있다)이라 하지 않았는가? 군자는 공경으로서 마음을 바르게 하고 의로움으로서 외모를 반듯하게 하며 공경과 의로움이 서면 덕은 결코 외롭지 않다고 했다.

나는 시간과 약속을 지키는 일에 굉장히 민감하다. 모든 약속 장소에는 몇 십분 이전에 도착하여 상대를 기다려야 안심이 되고 거의 습관처럼 되어있다.

물건하나를 고치거나 유지하는 일에도 지나치게 완벽을 추구한다.

자동차나 자전거, 모든 일상용품 등 유지에 따른 정비 상태나 결함의 관리도 최고의 완성도를 올릴 때까지 엄청 신경을 쓴다. 대충하는 법이 결코 없다. 최상의 상태라고 생각될 때 까지 끝없이 반복한다.

그리고 내 성격 중에 나는 내가 좋아하는 물건은 최상의 상태인 것 하나만을 선호하는 경향이 있다. 확실한 것 하나 만을 좋아하는 성격이다.

핸드폰의 음악파일을 다운로드할 때도 나만의 감성에 맞는 곡만을 선택하기위해 수없이 선택과 삭제를 반복하기도 하면서 불필요한 시간낭비를 하기 일쑤이다. 이쯤 되면 나도 완벽주의 증후군에 속에 들어가는 사람인 것 아닌가 모르겠다.

금년으로 신학 공부를 시작한지 5년째가 지났다. 공부를 해보니 내가 저지른 최대의 오류는 그리스도의 가르침인 용서와 사랑의 결핍이 아닌가 싶다.

신학적으로 보면 모든 인간은 결국 하느님의 창조물이며 동시에 하느님의 육화이므로 그 자체로 경외의 존재인 것이다.

부실하기만 한 내 신앙의 영성의 깊이와 허상을 여지없이 드러내고 있다.

이제는 너절한 완벽주의를 버릴 때가 되었다.

가난하고, 힘들고 지친 이들을 위하여 늘 가장 낮은 데로 임하신 예수그리스도의 희생과 사랑을 다시 묵상하고 통회하는 계기로 삼아야겠다.

(2009. 10 / 한강포럼 회보)

41.
스티브잡스의 기업가정신

2011년 10월 5일, 애플의 창업자 스티브 잡스(Steve Jobs)가 췌장암으로 56세의 짧은 생을 마감하였다. 세상 사람들은 그를 인류의 문명을 바꾼 혁신가로 기억하며 르네상스의 거장인 레오나르도 다빈치에 버금가는 평가를 하고, 심지어는 전기를 발명한 토마스 에디슨이나, 전화기를 발명한 알렉산더 벨에 비유하기도 하고 있다.

잡스의 일생은 우리가 살고 있는 IT의 현주소이면서 문명발전사이기도 하기에 여기에 소개하여 이해를 돕고자 하는 것이다.

스티브 잡스, 그는 누구인가?

복잡한 얘기는 빼고 요약해보자. 그는 미국 애플의 창업자다. 그는 IT를 기반으로 한 정보화사회를 주도하면서 21C 인류문명을 송두리째 바꾸어 놓은 인물이라고 할 수 있다.

그는 연산이 비로소 가능했던 캐비닛 형태의 초기 컴퓨터 장비를 1977년 최초로 개인용 PC(애플II)로 개발하였다. 잡스는 인간이 소통하는 방식, 문화를 즐기는 수단(음악, 동영상), 지식과 정보를 습득하는 방법을 바꾸었다.

궁극적으로 이전과는 전혀 다른 새로운 라이프스타일을 창조해낸 것이다.

개인용 PC가 보급되면서 워드프로세스와 복사, 전송, 프린터 등, 사무용 도구로 일반화됨으로써 지금의 획기적인 오피스 혁명이 가능하게 되었다.

그는 1984년 매킨토시 컴퓨터를 개발하여 어려운 PC를 누구나 쉽게 사용할 수 있도록 하였으며, 명령어를 외워서 실행시키던 프로그램을 지금처럼 간단히 마우스를 아이콘에 클릭하여 프로그램을 실행할 수 있게 개발하였다.

이어서 그는 1995년 그래픽용 고성능 컴퓨터를 개발하여 애니메이션 시대를 열었다. 컴퓨터 그래픽 영화시대가 열린 것이다. 당시 장편 애니메이션 〈토이스토리〉가 대성공을 거두면서 이후 디지털 애니메이션은 일반적인 영화의 한 장르가 되었다.

1998년 잡스는 아이맥(iMac)을 출시하여 복잡한 PC를 가전제품처럼 쉽게 만들 수 있도록 개발하였으며, 복잡한 연결코드를 없애고 코드만 꽂으면 작동되는 간편 PC 시대를 열었으며 본체와 모니터를 하나로 합치는 기술개발을 하였다.

2001년 잡스는 MP3플레이어 아이팟(iPod)을 내놓음으로써 본격적인 디지털 음악 감상시대를 열었다. 당시에 개발된 CD는 10여 곡을 저장할 수 있는 장치였으나 대용량으로 저장하게 되었고, 음악을 합법적으로 거래할 수 있는 장터도 개설되었다. 이로서 디지털 음원시대가 시작된 것이다.

2007년, 그는 드디어 아이폰(iPhone)을 개발하여 스마트폰의 대중화를 열었다. 아이폰의 등장으로 '내 손 안의 PC'가 현실화되었고, 한 손에 전 세계의 네트워크가 들어옴으로써 정보의 바다가 손바닥 위에 쥐어졌으며 개발자와 사용자가 함께하는 '웹 생태계' 웹스토어가 생겨났다.

2010년에는 아이패드(iPad)로 키보드 없는 PC시대, 태블릿 PC시대를 열었다. 아이패드는 최초의 쓰기 쉽고 가볍고 싼 태블릿 PC였다. 터치스크린으로 모든 PC 작업이 가능함으로써 이제는 데스크탑은 물론 노트북 PC까지 점차 사라질 위기에 있다. 거추장스러운 PC시대는 역사로 사라지는 PC 종식이 눈앞에 다가온 것이 아닌가 싶을 정도이다.

지칠 줄 모르는 기술개발의 메카, 애플과 CEO 스티브잡스!

2011년 적신호가 켜졌다. 세상 사람들은 획기적으로 발전된 아이폰5를 기대했지만 투병으로 현업에서 물러나 있던 중에 이번에 출시된 아이폰4s는 잡스의 공백을 보여주는 충격적인 사건이 되었다. 리더 한 사람이 세상을 바꾸는 데 얼마나 중요한 것인가를 여실히 증명하고 있다.

잡스의 공헌은 인간의 창의성과 상상력이 빛을 수 있는 최고의 제품을 개발하였다는 것이다. 잡스는 창의적인 CEO이면서 누구보다도 디테일(detail)에 강한 완벽주의자였다. 괴팍한 성격에 Strong 리더십의 소유자이다. 그러나 직관력(intuition)에 뛰어난 인물이다. "소비자는 진정으로 무엇을 원하는지 모른다. 진정한 혁신가는 무지한 소비자가 원하는 제품을 내놓을 수 있어야 한다." 그는 시장분석이라는 마케팅의 기본 이론을 뒤집어 버린 것이다.

파이낸셜타임스는 그의 성공 비결을 '강박증에 가까운 완벽주의'로 분석했다. 스티브 잡스는 하드웨어와 소프트웨어, 그리고 콘텐츠를 하나의 서비스로 결합함으로써 인문학과 IT의 융복합화를 이루는 인류문명에 새로운 전기를 이루어냈으며, 이것이 21세기 레오나르도 다빈치로 회자되고 있는 이유이다. 스티브잡스를 보면서 왜 김우중 회장이 생각나는지 모르겠다.

닮은 점이 분명히 있다. (2011. 10. 7.)

42.
일본의 굴욕. SONY, PANASONIC의 추락

국제 신용평가사 피치(Fitch Ratings)는 11월 22일 소니의 신용등급을 'BBB-'에서 'BB-'로 세 단계 낮추고 파나소닉은 'BBB-'에서 'BB'로 두 단계 하향했다고 블룸버그 통신이 보도했다. 일본 전자업계 '빅3'의 신용등급이 모두 'Junk(투자부적격)' 수준으로 떨어지는 등 날개 없는 추락을 한 것이다.

한때 현금보유량이 은행과 맞먹는다고 했던 파나소닉이다. 세계 전자업계의 간판이었던 소니는 7분기 연속 적자를 기록하고 있으며, 연간 매출 목표 역시 이전에 발표했던 것보다 3% 하향 조정했다. 이에 앞서 피치는 지난 2일 샤프의 신용등급을 'B-'로 6계단을 떨어뜨렸다. 샤프는 올해 4,500억 엔의 적자를 기록하여 당초 예상치 2,500억 엔의 2배에 이를 전망이라고 한다.

이런 보도를 보면서 정말 격세지감을 금할 수 없다. 결론부터 얘기하면 세계시장에서 기업들의 생존경쟁은 이렇듯 죽느냐 살아남느냐를 넘나드는 치열한 격전장이라는 것을 사람들은 잘 모른다는 것이다.

최근 20년 사이에 한국의 대기업의 세계경쟁력은 엄청나게 높아졌다. 한국은 금년에 2년 연속 무역 1조 달러를 달성하여 이탈리아를 제쳤고, 2012년 20K-50M 클럽에 가입하는 세계 7번째 국가가 되었다. 글로벌 TOP 10의 경제규모가 하루아침에 이루어질 수 있겠는가? 한국의 대기업들이 이룩한 위업이며 쾌거이다.

지금으로부터 20년 전, 1990년 대우는 당시 세계적인 조선업의 불황으로 인한 대우조선의 부실화와 그룹의 재정위기를 극복하기 위하여 '관리혁명'이라는 그룹 차원의 이노베이션 캠페인을 벌인 일이 있었다.

김우중 회장과 그룹 기조실 교육 팀이 거제도에 3년간 상주하면서 대대적인 의식개혁운동을 전개하고, 조직과 경영의 비효율을 개선하고, 제조업 현장의 생산성을 획기적으로 높이기 위한 다각적인 노력을 집중하였다.

이 관리혁명을 추진하면서 가장 초점을 맞춘 것이 일본의 경영기법과 일본 제조업의 생산성 배우기였다. 수출을 주업으로 시작했던 대우는 해외시장에서 성장했기 때문에 미국식 경영에 익숙한(Western Oriented) 시스템을 선호하고 있었는데 이때 최초로 일본 제조업에 눈을 돌리게 된 것이다.

당시 도요타 자동차의 Just-In-Time 기법과 IE, VE 등 생산성 향상기법들을 연구도입, 계열사에 적용하였고, 일본의 많은 유명 컨설턴트를 초빙하여 비싼 돈을 주고 경영기법에 대한 조언과 현장지도를 받았다. 엔지니어들은 숨겨진 비밀을 캐기 위해 개방을 꺼리는 일본 제조업 현장을 수없이 견학하기도 하였다.

1990년대에는 "일본 최고는 세계 최고"라는 말에 아무도 토를 달수 없었으며, "Small is Beautiful" 한국과 일본의 기술 격차가 30년이라는 데 이견이 없었다. 이때 나온 키워드는 "카이젠(개선)" "카쿠메이(개혁)" "마른 수건도 짜라" "초관리 경영" "기업 수명은 30년이다" 등 일본적 경영기법들이 세계 컨설팅 업계의 화두가 되고 있었다.

특히 파나소닉은 일본 경영의 신(神)으로 추앙받고 있는 마쓰시다 고노스케 회장이 창립한 세계적인 전자회사였고, 1985년 나는 후지산 자락에 있는 일본의 정치엘리트 양성소 "마쓰시다 정경숙(松下政經塾)"을 견학하면서 이러한 국가적 프로젝트를 감당할 수 있는 일본 기업의 역량에 놀랐다. 또한 기업인의 철학이 사회적 사명과 기여로 구현되는 현장에 큰 감명을 받았었다.

일본 사람들은 친절하였지만 가장된 친절함 속에 배어 있는 후진국 한국에 대한 어쩔 수 없는 냉소와 경계를 하는 등 양면성을 보였다. 우리는 열심히 일본을 탐구하며 단순히 지일(知日)이 아니라 극일(克日)을 생각했다. 견학 과정에도 교묘히 감추는 설비나 장비들 속에서 한국 엔지니어들의 눈빛은 예리했다. 강평시간에는 한국에서 파견된 훈련생이나 엔지니어들의 열의와 잠재력에 많은 일본 교관이 솔직하게 감탄을 토로하기도 했다. 그 후 20여 년의 세월이 흘렀다.

20년 전에는 우리 자체 기술로는 선박을 건조할 수 있는 설계기술도, 건조기술도 없었고, 인천대교 같은 교량 건설은 생각할 수도 없었으며, 지금은 아무것도 아닌 터널 공사, 초고층 빌딩공사는 전적으로 외국 기술에 의존해야 했다. 자동차는 개발 단계여서 미국 시장에서는 저가자동차에 머물렀고, 전자산업이라는 것도 OEM이 대부분이었다. 대기업도 냉장고 세탁기 전자레인지 등 가전이 중심이 되는 중간 기술 수준에 머물러 있었다. 기계 분야도 엔진 제작이나 자동화 설비, 건설 중장비제조 등 거의 대부분이 외국 기업의 기술 지원 없이는 할 수 있는 것이 없었다.

지금도 생각나지만 언젠가 임원 세미나에서 우리도 세계 1등 상품을 하나라도 가지도록 해야 할 것 아니냐고 다그치는 김우중 회장의 당부 반, 질책 반 훈시하던 게 1990년대 우리 기업들의 풍경이었다.

2012년 지금, 삼성전자, 현대자동차, 엘지화학, POSCO 등 많은 한국의 대기업들이 세계의 일등 기업이 되었다.

이제 IT, 반도체, 스마트폰, 스마트TV, 자동차, 건설, 플랜트, 시추선, 잠수함, 항공기, 화학, 의약, 정밀가공 분야에 이르기까지 우리의 산업기술 수준은 세계적인 기술 수준에 올라섰다. 현재 한국의 세계 1등 상품은 131개라고 한다. 그중 중소기업제품이 55개라고 하니 이것이 천지개벽이 아니고 무엇이겠는가?

이제 한국 경제는 천하의 일본을 따라잡고 있다. 일본은 무기력하고 경제는 장기 침체에 빠져 있다. 20년 전에 이것을 예상한 사람은 없었다. 규모로는 지금도 상대가 되지 않겠지만 내용적으로는 일본을 능가하는 부분이 많이 생기고 있다.

이것은 일본의 깔끔한 정석 문화와 자유분방한, 틀에 얽매이지 않는, 한국의 혼잡스러운(?) 창의성 문화가 IT라는 새 물결 속에서 승패가 갈린 게 아닌가 생각한다. 일본은 스티브잡스 같은 괴물은 나올 수 없는 구조이다.

요즘에는 경제뿐만 아니라 K-POP 등 한류가 세계를 흔들고 있다. 한국의 문화가 세계에서 통하고 있다. 한국의 국가 브랜드는 완전히 달라졌다. 이제 우리 세대에 "한국 최고는 세계 최고"라는 말이 현실이 될 날도 정말 멀지 않은 것 같다.

천하의 애플도 삼성이 제쳤고, 파나소닉, 소니, 샤프가 세계시장에서 한국 기업에 밀려 추락하고 있는 현실을 일본이 인정했고 세계가 인정했다. 이건 우리나라 산업사 초유의 일이다.

그런데 요즘 대선을 앞두고 경제민주화가 사회의 중요한 이슈가 되고 있다. 대기업을 단속하고 규제해야 한다는 목소리가 높다. 물론 개선의 여지는 많다. 재벌의 부의 부당한 세습, 지나친 독과점이나 방만한 사업 운영으로 사회의 약자들에게 폐해를 끼친다면 이것은 마땅히 시정되어야 한다.

그러나 이것이 대기업들의 희생과 노력을 경시하는 결과가 되어서는 안 될 것이다. 대기업들의 생존경쟁과 피나는 노력이 없었다면 한국의 오늘은 불가능했다고 보아야 할 것이기 때문이다.

  20년 전, 그때는 근로기준법도 말로만 있었다.

  너 나 할 것 없이 별 보고 출근하고 별 보고 퇴근하고, 주말도 없이 해외로 오지로 일에만 매달려 살았던 그때, 그 시절에는 개인도 가정생활도 희생될 수밖에 없었지만, 그러나 모두가 고생을 보람으로 여기며 살았다. 그렇게 20년이 흐른 것이다. 대기업들은 지금도 살아남기 위해 몸부림치고 있다. 우리나라의 대기업, 누가 뭐라고 해도 우리나라 경제의 든든한 버팀목이 아니겠는가? (2012. 11. 24.)

43.
한국, 20K-50M클럽으로!

작년 말, 2011년 우리나라가 무역 1조 달러 클럽에 가입함으로써 8대 무역대국이 되었다는 기사를 보면서 남다른 감회를 느껴본 적이 있었다. 내가 1961년 대학을 입학했을 때 우리나라 1인당 국민소득은 약 70~ 80불 정도로 기억하고 있다.

1967년 30세의 청년 김우중과 5명이 대우실업을 설립하고 가발을 들고, 와이셔츠를 들고, 해외에 내다 팔기 시작한 게 사실은 우리나라 수출의 효시였다.

대우에 근무하는 동안 종합상사 1호로서 대우는 1,000만 불, 1억 불, 10억 불, 100억 불 탑을 제일 먼저 수상하면서 우리나라 수출산업을 주도하였다. 수출 품목도 초기에는 1차 산업인 농수산물이 주종이었지만 70년대에는 섬유 등 경공업제품으로 발전하였고, 80년대 중화학공업 정책이 전개되면서 중공업제품, 화학제품, 전자제품, 정밀기계, 방위산업 제품 등으로 발전하였다. 1990년대에는 자동차, 선박, 플랜트, 해외건설로 이어지고 2000년 이후에는 고부가가치제품으로 변화하면서 반도체, 통신, 스마트폰, 스마트TV, 최근에는 일본에 전적으로 의존해 온 초정밀 소재 가공 분야 제품으로 발전하고 있다.

대기업을 중심으로 국제경쟁력을 확보하려 했던 정부의 전략은 당시로선 불가피한 선택이었고, 일정 부분 기여한 것도 또한 사실이다. 참으로 열심히들 일했다. 금석지감을 느끼지 않을 수 없는 이유이다.

2012년 6월 30일, 우리나라 인구는 5,000만 명을 넘어선다고 한다. 현재 우리나라 국민소득은 23,680달러이며 그래서 한국은 20-50클럽에 진입한다고 한다. 이것은 한국경제발전사에 획기적인 대 사건이며 불멸의 금자탑이라 할 수 있다.

소위 20K-50M클럽이란 국민 1인당 소득 20,000만 달러(K는 1,000을 나타냄)와 인구 5,000만 명(M은 100만을 의미)을 동시에 충족하는 나라를 말한다. 다시 말하면 국제사회에서 1인당 20,000불은 선진국으로 진입하는 소득기준이며, 인구 5,000만 명은 강국과 소국으로 나누는 국가 규모의 기준점이라 할 수 있다.

세계에서 20-50을 달성한 나라는 일본, 미국, 프랑스, 이탈리아, 독일, 영국 등 6개국뿐이며 일곱 번째로 한국이 등단하고 있고 당분간 이 범주에 들어올 나라는 없다고 전해진다.

20-50클럽 진입은 대한민국이 국가의 절대 규모와 수준에서 모두 강국 대열에 들어선 것을 의미한다. 국민소득을 창출할 수 있는 경제규모와 산업구조가 갖추어져 있으며, 외부 환경의 위험분담을 할 수 있는 내수시장 규모를 갖춤으로써 경제적 자생력을 갖추게 되었다는 중요한 의미가 부여되는 것이다.

이것은 2차 대전 후 독립한 국가로서는 유일한 경우이며 중국, 인도, 캐나다, 호주 등 이른바 대국들도 가까운 장래에 달성하기 어려운 경이적인 일이라 할 수 있다.

직접적으로는 까다로운, 한국의 수준 높은 소비자와 개방된 내수시장 덕분이다. 제품을 개발하면 먼저 국내시장을 공략하고 경쟁력을 확보하여 세계시장에 진출한 것이 성공 공식이라 할 수 있다.

이러한 성공 공식은 우리나라가 전자, 중공업, 화학 등 거의 모든 산업에서 경쟁력 있는 포트폴리오를 갖추는 결과로 나타났다. 2011년 국내 총생산은 1,200조원에 달하는 거대경제권이 되었다.

노벨경제학상을 수상한 뉴욕대 Sargent 교수는 '한국은 기적 그 자체'라고 말하였다. 글로벌 투자은행 골드만삭스의 경제보고서에 의하면 한국의 장기 경제성장과 경쟁력을 기초로 한국의 국민소득은 2025년 미국, 일본에 이어 세계 3위가 될 것으로 예측하고 있으며, 2050년에는 일본을 제치고 세계 2위의 자리로 올라올 것이라는 대 예측을 내놓고 있다.

위기에 강한 한국의 원형질은 어디에서 오는 것인가?

위기극복의 한국형 DNA에는 한국인 특유의 단결력, 희생정신, 높은 교육수준, '빨리빨리'로 요약되는 신속한 의사결정이 특유의 역동성을 창출했다고 말한다. 멀리는 1970년대의 석유위기, 1990년대 말에는 전대미문의 IMF 사태를 겪었고 최근에는 리먼사태 등, 수많은 위기에 직면했지만 이를 성공적으로 극복하면서 경제의 강한 복원력을 보여 왔다.

경제규모가 커지면서 한국의 복원력은 더욱 위력을 발휘할 것이라는 것이 여러 경제 전문가들의 대체적인 여론이다. 그럼에도 불구하고 오늘날의 경제발전과 한국 사회의 이중적 부조화 현상은 어떻게 설명되어야 하는지 모르겠다. 세계사의 미스터리 중 하나이다.

정치권은 낡은 이념투쟁 등으로 여전히 갈등과 파행으로 엉켜 있고 사회의 컨센서스는 통합되지 않고 있으며, 국민들의 선진 시민의식과 가치공유는 아직 한참 멀었다는 것을 도처에서 발견하게 된다.

한국 사회에서 정의란 무엇인가? '내가 좋으면 그것이 정의고 내가 싫으면 정의가 아니다.'라고 했다던가? 무질서, 카오스, 가치의 혼란, 무조건적인 제도권에 대한 저항의식, 제멋대로 사고 등, 모순투성이처럼 보이는 한국적 토양이 특유의 창의성과 순발력의 원천이 아닌가 모르겠다.

930여 차례의 외침 속에서 핍박을 받아야 했던 굴절된 역사 속에서 뿌리 박힌 DNA는 그야말로 생존의 문제였으며, 살아남기 위한 필사적인 대응능력이 무엇보다 중요했을 것이다. 이런 위기극복 능력은 모든 불합리를 능히 뛰어넘을 수 있는 체질을 만들어 낸 것은 혹시 아닐까?

이스라엘 사람과 한국 사람이 여러모로 닮은 것도, 알고 보면 같은 원천에서 비롯된 것이 아닐지 모르겠다. (2012. 5. 30.)

에필로그

지난달에 대우의 퇴직임원 모임인 대우인회가 주관하는 대우포럼에 참가
했다가 (주)대우의 박 찬 감사가 지은 〈대법원을 넘어서〉라는 책을 받았다.
감사의 자리에 있었다는 이유로 그는 많은 손해배상청구소송에 휘말렸다.
10년 넘게 대우문제를 가지고 판사와 법정공방을 벌이면서 법리(法理)싸움
에 매달린 외로운 투쟁기록이다.

해외에서 급박하게 돌아가는 사업현장의 생리를 알리도 없고, 해외금융
을 알리도 없으며, 기업경영에도 경험이 없는 판사가 법조문을 문리해석해
서 판결을 할 경우 그 오류는 불을 보듯 뻔한데 판결내용을 승복할 수는
없었을 것이다. 대법원이라고 다를 수가 있겠는가? 박감사는 판결내용의 비
현실성과 사법부의 횡포를 지적하고 싶었을 것이다.

내가 김우중 회장님의 공판정에 참석했을 때도 똑같은 생각을 했었다.
대우문제의 핵심이 어디에 있는지를 그는 처연하게, 문제제기를 한 것이다.

대우의 꿈은 헛된 꿈이 아니다. 그리고 미완의 꿈도 아니다. 대우가 꿈꾸
었던 세상은 오늘날도 여전히 유효하다. 대우가 추진했던 많은 일들이 현실
화 되고 있다. 세계의 여러 곳에서 결실이 나오고 있다.

Globalization! 대우가 일찍이 치고 나갔던 세계화 전략의 경험이 우리

기업들뿐만 아니라 정부의 국가경영전략에 모티브를 제공하였고 세계화의 깃발을 올렸던 것은 이제 개발경제시대의 역사가 되었다.

그런데 정말 이상한 일이 하나 있다. 대우를 나온 지 벌써 13년이 된 지금까지도 나는 가끔, 심심치 않을 정도로 김우중 회장님 꿈을 꾼다. 왜 그분이 나의 몽중에 나타나시는지 나는 지금도 이유를 모른다.

대우에 대한 미련일까, 한일까? 아니면 연민일까? 짝사랑일까?

아무튼 이상하게도 잊어버릴 만하면 김우중 회장이 꿈에 나타나신다. 회장님을 모시고 세미나를 하던 교육현장들이 보이기도 한다. 회장님의 표정은 언제나 생각에 잠겨있고 고뇌하는 모습이다.

그러다가 불현 듯 생각이 났다. 내가 나의 열정을 바쳐 젊음을 불살랐던 대우인력개발원의 역사가 이렇게 사라져버릴 수는 없지 않은가 하는 생각이었다. 아무 흔적을 찾을 수가 없다.

대우가 잘 나갈 때는 미처 나오지도 않았던, 세계경영연구회가 뒤늦게 펴낸 '대우30년사'를 보다가 그룹교육과 대우인력개발원에 대한 소개 부분을 읽어보고 너무 허술하고 피상적인 내용에 놀랐다.

서둘러서 낡은 파일 속에서 메모들을 들추어냈다.

그동안 근무하면서 새로운 정황과 국면을 겪을 때마다 격정으로 써놓았던 낙서장을 찾아내서 늘어놓아 본 것이 이렇게 책처럼 되었다.

1979년 대우기획조정실에 교육부서가 설치되고 1996년 내가 인력개발원을 떠날 때까지 17년간은 대우역사상 가장 긴박했던 격동의 시간들이었다. 김우중 회장과 대우인력개발원이 함께 전개해 나갔던 교육 및 혁신운동을 통해 그룹의 경영위기를 극복해가는 극적인 순간들이 있었다.

인력개발원에서 일어난 일! 현업에 매달려 바삐 돌아갔던 많은 사람들은 이 안에서 이루어진 일들을 알 수가 없을 것이다. 그러니 그런 피상적이고 일반론적인 얘기들로 채워질 수밖에 없었을 것이다.

이 책은 개인의 자서전이 아니다. 그렇다고 전문연구자가 쓴 연구결과물도 물론 아니다. 그러나 픽션도 아니다. 교육이라는 이름으로 내가 추진했던 일련의 과업을 통해서 대우의 성장과 위기관리과정, IMF 사태와 그룹의 해체라는 잘못된 역사의 흐름을 되짚어 보고자 했을 뿐이다.

이 글은 홍보담당자가 쓴 글이 아니다. 잘 나갈 때 회사를 알리기 위한 광고도 아니다. 대우그룹이 역사의 뒤안길로 물러난 후 16년, "대우는 진정으로 무엇이었나?" "대우는 우리에게 무엇을 남겼나?" 를 처음으로, 냉정히 들여다보고자 했던, 대우가 성장하고 몰락한 32년의 역사 속에서 격동의 시기에 실무의 일단을 담당했던 임원이 직접 쓴, 최초의 고백이다.

나는 기본적으로 기업문화론자이다. 기업문화는 기업을 성공으로 몰아가는 보이지 않는 힘이라는 것을 믿는다. 이 책을 쓰면서 나는 대우인들을 자발적인 희생의 주체로 만든 대우문화의 원천은 과연 무엇이었나를 추적하는데 초점을 두었다. 이것은 결코 교육이나 훈련의 문제가 아니다.

결론은 김우중 회장의 자기희생이었다. 김회장의 자기희생과 일에 대한 열정은 곧 대우문화의 뿌리이며 이것이 조직구성원들을 설득시킬 수 있었던 가장 강력한 힘이었다는 것을 확인할 수 있었다.

이것이 희생을 자부심으로 승화시킨 대우 기업문화의 비밀이었다.

시대와 상관없이 오너의 자기희생과 솔선수범이 기업경영에서 그 어떤 것보다도 중요하다는 것을 보여주는 사례이다. 그런 의미에서 대우는 결코 실패한 기업이 아니다.

역사는 거짓이 없다. 1인당 국민소득이 480$이던 시기에 대우가 창업되고 21,297$ 이던 IMF사태 때 대우는 해체되었다. 대우가 몰락해가던 1997년 대우는 국내기업사상 최초로 100억불을 수출했다.

소련이 해체되고 세계경제가 지각변동이 일어났던 그 시기에 대우가 추진했던 세계경영전략은 위험한 도전이었지만 결과적으로 시대를 앞서간 전략이었다는 것이 입증되고 있다.

창업이후 해외사업으로 일관한 김우중 회장의 선각자적인 기업가 정신(Enterpreneurship)과 대우인들의 희생적인 열정은 누가 뭐라 해도 우리나라 개발경제시대와 고도성장을 견인한 원동력이었음을 기억하고 싶다.

이것은 희생을 사훈으로 선택한 대우의 기업문화가 창출한 역사이다. 안타깝게도 이제 대우인력개발원의 꿈은 미완의 꿈이 되었다. 100년 대우를 생각하면서 시작했던 용인군 백암면 대덕산 자락의 대우인력개발단지는 사라졌다. 그러나 '대우가족의 노래'를 우렁차게 부르며 포효하던 10만 대우인들의 함성은 지금도 그곳 어딘가에 남아있을 것이다.